Lara Moon

Mord auf der Seebühne
Tante Henni ermittelt

AF272174

Lara Moon

Mord
auf der Seebühne

Tante Henni ermittelt

I

Bibliografische Information der
Deutschen Nationalbibliothek:
Die Deutsche Nationalbibliothek verzeichnet diese
Publikation in der Deutschen Nationalbibliografie;
detaillierte bibliografische Daten sind im Internet
über http://dnb.dnb.de abrufbar.
Die automatisierte Analyse des Werkes, um daraus
Informationen insbesondere über Muster, Trends und
Korrelationen gemäß §44b UrhG („Text und Data Mining")
zu gewinnen, ist untersagt.

Verlag:
BoD · Books on Demand GmbH, In de Tarpen 42,
22848 Norderstedt, bod@bod.de
Druck:
Libri Plureos GmbH, Friedensallee 273,
22763 Hamburg
ISBN: 978-3-7693-5163-7

MIX
Papier aus verantwortungsvollen Quellen
Paper from responsible sources
FSC® C105338

Kapitel 1

Voller Inbrunst trällerte Henriette einen 70er Jahre Hit mit, tänzelte dazu beschwingt durch ihre Küche und wischte sich ihre mit Puderzucker verklebten Hände an ihrer grell rosa farbigen Backschürze ab, bevor sie sich eine Strähne ihrer strubbeligen, grauen Haare aus dem Gesicht wischte. Grinsend blickte sie auf das in der Schürzenmitte prangende Einhorn, das vor einer großen Schokoladentorte stand unter der *Vergiss es - Alles meins!* stand. Sie liebte diese Schürze, ein Geschenk von Emma, ihrer Großnichte und Max, ihrem Großneffen. Sie waren der Meinung, dass das quietschbunte Einhorn die gebackenen Leckereien von Ihrer Großtante noch leckerer, vielleicht ja sogar ein wenig magisch machen würden. Henriette liebte die beiden. Sie selbst hatte keine Kinder. Ihr verstorbener Mann Paul und sie waren sich immer einig gewesen: Wenn es passiert, dann passiert es. Wenn nicht, ist es auch gut.

Sie blickte sich in ihrer Küche um und war äußerst zufrieden mit sich. Es war noch nicht einmal Mittag und vor ihr stapelten sich bereits fünf Dutzend

Schwarzwälder Kirsch-Muffins, eine im ganzen Ort und auch darüber hinaus, beliebte Spezialität von ihr. Normalerweise lieferte sie jeden Freitag zwei Dutzend an ihre Freundin Trudi. Ihr gehörte das direkt am Marktplatz gelegene Café „Trudis Törtchen-Traum". Henriettes Muffins waren meist innerhalb weniger Stunden ausverkauft. Vermutlich hatte Trudi sie deshalb gebeten, für das Kuchenbuffet zur Einweihung der Seebühne eine extra große Portion dieser Muffins zu backen.

Die Seebühne war das Prestigeprojekt vom alten Hösselbarth. Die Hösselbarths lebten seit Urzeiten in Kirchhausen. Die Familie hatte mit diversen Großbauprojekten eine Menge Geld gemacht, und nachdem sich Hösselbarth Senior vor zwei Jahren zur Ruhe gesetzt und die Geschäfte an seinen Sohn Wolfgang Junior übergeben hatte, stürzte er sich in, wie er es stets zu sagen pflegte, sein Herzensprojekt: Mehr Kultur für Kirchhausen. Begonnen hatte das Projekt eigentlich ganz nett und harmlos. Hösselbarth Senior gründete eine Theatergruppe, engagierte Kleinkünstler aus der Gegend, die dann mal im Biergarten, mal auf dem Marktplatz kleine Vorstellungen gaben usw. Und dann, es war im Spätsommer letzten Jahres, verkündete er eines Abends bei einer Gemeindeversammlung, dass er der Stadt eine eigene Bühne bauen werde, direkt am See. „Wie in Bregenz", sinnierte er glückselig. Zunächst dachten alle, der alte Hösselbarth hätte einen Scherz gemacht, doch schon zog er passende Baupläne, Anträge für

Fördergelder und sonstige nötige Unterlagen aus seiner Tasche und damit war die Sache auch so gut wie beschlossen. Denn auch wenn sich alle, außer Hösselbarth Senior, einig waren, dass das dann wohl ein wenig zu viel des Guten sei, mehr Kultur hin oder her, widersprach ihm niemand. Denn eines lernte man in Kirchhausen schon sehr früh: Leg dich nie mit einem Hösselbarth an, denn früher oder später braucht jeder etwas von ihm.

Und heute war es nun also so weit, die Bühne am See würde eröffnet werden, und das ganz Hösselbarth, im großen Rahmen. Neben etlichen Reden der gängigen Ortsgrößen waren Darbietungen aus den verschiedensten Sparten geplant. Vom Musiker über den klassischen Jongleur bis hin zu modernsten Performance-Künstlern war wohl alles dabei. Und den Höhepunkt des Abends sollte dann der erste Auftritt der neuen Theatergruppe werden.

Um das leibliche Wohl kümmerten sich alle Kirchhausener. Schon vor Wochen waren Gruppen gebildet worden, die sich um das Essen kümmerten. Trudi hatte zugesagt, sich um das Kuchenbuffet zu kümmern. Die Frauen aus dem Kirchenchor übernahmen die Salate, die Metzgerei Heitmeyer würde das eine oder andere Spanferkel stiften und so weiter. Henriette war sich sicher, dass heute Abend niemand hungern musste.

Und so lächelte sie zufrieden ob ihres eigenen Berges Muffins, und verkniff es sich ein weiteres Blech in den Ofen zu schieben. Stattdessen nahm sie

ihre rosa Schürze ab, griff sich ihre mit einem Hage-
buttenblühtendekor verzierte Teetasse und ging ins
Wohnzimmer. Dort ließ sie sich genüsslich in ihren
Lieblingssessel, einen alten, recht abgesessenen
Ohrensessel mit völlig übertriebenem Blumenmuster sinken und nippte selig an ihrem Hagebutten Tee.
Henriette liebte diese Teesorte, die im Allgemeinen
ja eher als Kindertee verschrien wurde. Vermutlich
liebte sie ihn gerade, weil er so nach Kindheit
schmeckte. Hagebutte, das schmeckte nach Weihnachten auf dem Hof ihrer Oma, nach gemütlichen
Abenden mit spannenden oder lustigen Geschichten,
wahr oder erfunden, so genau wusste das niemand.
Eine dieser Geschichten handelte von der kurzen,
aber sehr intensiven Affäre ihrer Ururoma Hertha
Drostel, mit dem berühmten Schriftsteller Sir Arthur
Conan Doyle. Die Familienlegende sagt, sie habe
ihn in Davos getroffen, als er sich auf seine Überquerung der Maienfelder Furgga vorbereitete. Sie
war jung, er war ein Mann von Welt, und so kam es,
so die Familiensaga, zu einigen gemeinsamen Tagen
voller geheimer Leidenschaft. Als Doyle am 23.
März 1894 zu seiner Passüberquerung aufbrach,
wusste keiner von beiden, dass ihre Liaison Folgen
haben würde. Hertha schwieg, und als neun Monate
später die kleine Käthe gesund und munter auf die
Welt kam, hatte keiner Zweifel, dass dies einfach
das dritte Kind der Familie Drostel war.

Als Kind hatte Henriette diese Geschichte nicht
nur geliebt, sondern sie war auch fest davon über-

zeugt, dass alles an dieser Geschichte wahr war. Sie erinnerte sich noch, wie sie bei einem Schulausflug in die große Stadtbücherei als Erstes eine Biografie von Sir Arthur Conan Doyle zur Hand nahm, um die Geschichte ihrer Oma zu überprüfen. Zunächst war sie enttäuscht, weil nirgends der Name ihrer Ururoma auftauchte, da aber sehr wohl über seinen Aufenthalt in Graubünden und die Überquerung der Maienfelder Furgga berichtet wurde, war sie fortan zutiefst davon überzeugt, eine Nachfahrin von Sir Arthur Conan Doyle zu sein.

Henriette schmunzelte. Kinderwelten. Obwohl, wer konnte schon mit letzter Gewissheit sagen, ob nicht doch ein Fünkchen Wahrheit in der Geschichte lag.

🐈🐦 Kapitel 2

Als Henriette sich später in einem luftigen Leinenkleid und mit einer Kuchenkühltasche, in der die 60 Muffins sicher verstaut lagen, auf den Weg zur Seebühne machte, schien es, als sei ganz Kirchhausen auf den Beinen. Und vermutlich war es auch genauso. Von allen Seiten strömten die Leute in Richtung Seeufer und die meisten von ihnen waren, so wie Henriette, mit Taschen oder Kisten beladen.

Auf dem Kirchplatz von St. Nikolaus traf sie auf Gerda und Frieda Gutmann. Die Schwestern bewohnten seit einigen Jahren gemeinsam ihr altes Elternhaus, nachdem zuerst der Mann von Frieda an Krebs und nur wenige Monate später der Mann von Gerda aus heiterem Himmel an einem Herzinfarkt gestorben war. Die Tatsache, dass ihre Männer auf komplett verschiedene Art aus dieser Welt geschieden waren, hatte ihnen, so hatten sie es Henriette einmal bei einem guten Stück Käsekuchen in Trudis TörtchenTraum anvertraut, verdeutlicht, dass man dem Tod nicht von der Schippe springen kann. Während Frieda monatelang zusehen musste, wie ihr Mann immer weniger wurde, sich dafür aber auch auf den bevorstehenden Tod vorbereiten konnte, wurde Gerda von einer Sekunde auf die Nächste in die Trauer und in das Alleinsein geschmissen. Beides, so sagten sie, hätte Vor- und Nachteile, doch vor allem sei beides einfach eines: Großer Mist. Als das Schicksal ihnen dann auch noch ihre Mutter nahm, hier kann man wenigstens sagen, dass das mit 90 nicht völlig überraschend war, nahmen sie das als Wink des selbigen und beschlossen, den Rest ihres Lebens nicht jeweils allein in einem nun viel zu großen Haus zu verbringen, sondern waren gemeinsam in das Elternhaus gezogen.

Auch die Schwestern waren heute mit extra großen Tragetaschen unterwegs.

„Hallo Gerda, Hallo Frieda, ihr habt aber ordentlich Gepäck dabei, wollt ihr den ganzen Ort alleine versorgen, oder wandert ihr aus?", Henriette lachte.

„Grüß dich, Henni. Sind doch nur ein paar Salate. Du weißt ja, dass wir beide im Kirchenchor singen und der will mit seinem Salatbuffet heute nicht nur glänzen, sondern die anderen Buffets völlig in den Schatten stellen", beide grinsten.

„Oha, dann hoffe ich mal, dass meine Schwarzwälder Kirsch-Muffins überhaupt Abnehmer finden."

„Och, da sehe ich kein Problem", erwiderte Gerda, „ ist doch ganz einfach: Erst essen die Leute Salate und dann deine Muffins."

„Nicht zu vergessen die Hähnchen, Würste, den Ochsen und wer weiß, was sonst noch alles vom Heitmeyer", warf Henriette ein.

„Ich fürchte, am Ende müssen wir den halben Ort nach Hause rollen", gab Frieda zu bedenken.

„Also ich rolle niemanden!", stellte Henriette lachend klar.

Gemeinsam schlenderten die drei über den Marktplatz. Als sie auf den Weg, der zum See führte, einbogen, trauten sie ihren Augen kaum.

„Himmel!", rief Gerda erstaunt. „Was um alles in der Welt ist denn hier passiert?"

Auch Henriette staunte nicht schlecht. Der komplette Weg zum Seeufer war mit Girlanden, Luftballons und bunten Aufstellern gesäumt. In den Bäumen hingen unzählige blinkende Lichterketten und am Ufer selbst standen alle paar Meter Feuerschalen.

„In den Schalen machen wir dann am Abend Feuer!", erschall es voller Vorfreude plötzlich von hinten. Erschrocken hielt sich Henriette die Hand aufs Herz und drehte sich zu der Stimme um.

„Bernd, mein Gott, hast du mich jetzt erschreckt." Vor Henriette stand ein kleiner, schlaksiger Mann mittleren Alters. Seine strohblonden Haare waren völlig zerzaust und er trug ein wirklich schräges 70er Jahre Outfit, dessen Krönung ein sehr, sehr oranges Hemd mit Blumenmuster war.

„T´schuldige Henni. Ich bin halt ein wenig aufgeregt. Das heute ist schon eine ganz andere Nummer als unser üblicher Frühlingsmarkt, oder?"

„Ja, scheint als habe sich der alte Hösselbarth nicht lumpen lassen. Das muss doch ein Vermögen kosten."

„Mag sein, aber du kennst ihn ja. Wenn ein Hösselbarth etwas macht, muss es groß sein", Bernd grinste.

„Ja, den Eindruck habe ich auch."

„Wir sehen uns ja sicher später, oder? Ihr bleibt doch bis zur Aufführung? Ich bin doch in der Theatergruppe, und heute Abend wird das erste Mal, dass ich auf einer Bühne stehe. Und dann gleich vor so vielen Leuten und auch gleich mit einer richtig großen Rolle", er strahlte.

„Na dann mal viel Glück." Henriette blickte ihn erstaunt an. Sie konnte sich Bernd, den ortsansässigen Elektriker, beim besten Willen nicht auf einer Theaterbühne vorstellen. Wenigstens, so dachte sie, erklärte das dieses unfassbar grelle Outfit.

„Bei uns heißt das toi, toi, toi.", verkündete Bernd kopfschüttelnd.

„Oh, natürlich. Also: Toi, toi, toi, Bernd."

„Danke euch. Als dann - bis später."

„Ja, bis später", gaben alle drei zurück und dann war Bernd auch schon verschwunden.

„Gewagtes Hemd", kommentierte nun auch Gerda das seltsame Aussehen des Elektrikers, der normalerweise ein einfacher Jeans und Karohemd-Typ war.

„Ich schätze das Theaterstück wird eine kleine Zeitreise", mutmaßte ihre Schwester.

„Hoffentlich hast du recht. Denn wenn Bernd beschlossen hat, neuerdings immer so farbenfroh aufzutreten, muss ich meine Elektrogeräte demnächst leider woanders kaufen. Solche Muster ertrage ich nicht oft", gab Henriette grinsend zu bedenken und Gerda und Frieda mussten ihr lachend zustimmen.

Nachdem Henriette ihre Muffins beim Kuchenbuffet abgegeben hatte, verbrachte sie die nächste Stunde damit, ein wenig durch das Gemenge zu schlendern. Frieda und Gerda halfen den Frauen vom Kirchenchor die unzähligen Salate und Häppchen auf dem anscheinend viel zu kleinen Tisch zu drapieren und so verschaffte Henriette sich zunächst alleine einen Überblick über alles. Ein wenig abseits übten einige Jongleure und Akrobaten für ihren Auftritt und dazwischen wuselten die Schauspieler der Theatergruppe umher. Sogar der alte Hösselbarth hatte sich unter das Volk gemischt. Gemeinsam mit seinem Sohn und seiner Schwiegertochter stand er neben der Hinterbühne, wobei seine Hände permanent große Gesten vollführten, die seinen Sohn irgendwie aufzuregen schienen, denn er sah mehr als genervt aus. Alles in allem bot sich Henriette ein buntes Treiben und das gefiel ihr. Sie genoss es, all die unterschiedlichen Menschen zu beobachten, die alle zusammen doch ein großes Ziel verfolgten: Kirchhausen einen unvergesslichen Tag zu bereiten.

Wie unvergesslich dieser Tag später noch werden würde, konnte Henriette zu diesem Zeitpunkt natürlich noch nicht erahnen.

Kapitel 3

„Liebe Kirchhausener, ich freue mich Euch alle heute hier zur Eröffnung unserer neuen Kleinkunstbühne begrüßen zu dürfen!", begann der Bürgermeister, ein übergewichtiger, eher gedrungen wirkender Mittfünfziger mit ausgeprägter Stirnglatze, sichtlich stolz seine Rede.„Nicht einmal ein Jahr ist vergangen, seit unser hochgeschätztes Gemeindemitglied Wolfgang Hösselbarth uns mit seinen Plänen zu einer eigenen Bühne erst überrascht, doch dann auch recht schnell überzeugt hat."

„Überzeugt ist gut, als ob sich auch nur einer vom Stadtrat trauen würde, dem alten Hösselbarth zu widersprechen", raunte Gerda ihrer Schwester und Henriette grinsend zu.

Die drei hatten sich in einer der hinteren Stuhlreihen niedergelassen, nachdem der Bürgermeister ihnen mit breit geschwollener Brust verkündet hatte, dass der offizielle Teil gleich starten würde.

„Und am heutigen Tage können wir voller Stolz auf das Ergebnis dieser Ideen blicken.", fuhr er unter großen Gesten fort, „Die Bühne wird nicht einfach nur ein Ort, an dem unsere neu gegründete Theatergruppe einmal im Jahr ihr traditionelles Bauernstück aufführen kann, nein meine lieben Mitbürgerinnen und Mitbürger, diese Bühne wird ein Ort der Begegnung, ein Ort voller Leben, ein Ort voller Kultur."

„Wenn er noch euphorischer wird, explodiert unserer Bürgermeister am Ende noch", raunte nun Frieda.

„Ein Ort für ganz Kirchhausen!", schloss der Bürgermeister schließlich und erntete den bei solchen Gelegenheiten obligatorischen Applaus. Freudestrahlend übergab er das Wort an Hösselbarth Senior.

Der hielt sich gewohnt kurz. Hösselbarth war kein Mann großer Worte, Hösselbarth war schon immer ein Mann der Tat. Wo er auftauchte, war er stets der Mittelpunkt, ohne viel dafür tun zu müssen. Und obwohl er kaum größer als der Bürgermeister war, strahlte alles an ihm Selbstsicherheit, Größe und Weltgewandtheit aus. Kurz gesagt: Hösselbarth Senior war durch und durch ein stattlicher Mann. Und so verwunderte es auch niemanden, dass er sich lediglich kurz bei allen Unterstützern bedankte und dann ohne große Umwege zur Schere Griff, das vor der Bühne gespannte Band zerschnitt und mit einem einfachen „Mögen die Spiele beginnen!", die Bühne offiziell für eröffnet erklärte.

Auch typisch für Hösselbarth Senior war, dass er das Rampenlicht liebte und so gab es auch nur vereinzelte, als Hüstler getarnte Lacher und wissendes Grinsen, als Hösselbarth nach seinen wenigen Worten zielstrebig an den Rand der Bühne schritt, um dort auf einem überdimensionalen roten Plüschsessel Platz zu nehmen.

„Fehlt nur noch, dass man ihm eine Krone aufsetzt", witzelte Gerda.

„Oder wir werfen ihm eine Toga über und am Ende einer jeden Darbietung kann er dann den Daumen hoch oder runter zeigen", lachte nun auch Henriette und vollzog mit ihrer Hand das typische Zeichen für „Kopf ab!".

„Höselbarth als Cäsar", ja, das würde dem Alten sicher gefallen, stimmte Frieda den beiden zu.

Das allgemein eingetretene Gemurmel wurde nur wenige Sekunden später durch den Auftritt von Hösselbarths ältestem Sohn Wolfgang Junior unterbrochen. Gekleidet in einem Frack im Stil der 20er, inklusive Gehstock, betrat er die Bühne und verkündete die Reihenfolge der nun zu erwartenden Darbietungen.

„Also wenn ihr mich fragt", flüsterte Frieda ihren beiden Begleiterinnen zu," besonders glücklich sieht der Junior nicht aus."

„Stimmt. Eher als hätte ihn der alte Hösselbarth unter Androhung der Enterbung auf die Bühne geschleift", stimmte Gerda ihr zu.

Auch Henriette nickte zustimmend und fügte verschmitzt hinzu: „Und wenn ich mir den armen Tropf so ansehe, scheint es heute in der Tat eine Art Zeitreise zu geben."

Auf der Bühne reihte sich nun eine Aufführung an die nächste. Den Jongleuren folgte ein Zauberer, der

Chor der ortsansässigen Grundschule schmetterte „Drei Chinesen mit dem Kontrabass", die Mitglieder des Hundevereins „Samtige Pfoten" ließen ihre Vierbeiner Kunststückchen vorführen und es gab natürlich auch den einen oder anderen einzelnen Kirchhausener, der sein Können zum Besten geben wollte. Von Gedichtvorträgen bis zu einer wirklich schlechten Bauchrednernummer, bei der unter anderem eine abgegriffene alte Alienpuppe einen zweifelhaften Auftritt hatte, war alles dabei. Zwischendurch übernahm immer wieder einmal Hösselbarth Junior das Wort. Sichtbar gequält spendete er Applaus und sprach lobende Worte für die Künstler.

Den absoluten Kontrast zu Hösselbarth Junior bildete hingegen sein Vater. Er genoss das ganze Spektakel in vollen Zügen. Er lachte, applaudierte, schüttelte Hände und bedankte sich bei jedem Einzelnen.

Knappe zwei Stunden später betrat dann Metzger Heitmeyer die Bühne, um zur Freude aller Anwesenden eine Pause und die Eröffnung des Buffets zu verkünden.

„Das wurde aber auch höchste Zeit", seufzte Henriette, während sie aufstand und sich Richtung Buffet orientierte. „Den nächsten singenden Hund hätte ich sonst bei lebendigem Leib verspeist."

„Ich hab auch einen Bärenhunger", pflichtete ihr Gerda bei.

Frieda hingegen hatte sich bereits eilig in Richtung Salatbar aufgemacht.

„Ich möchte die Leistung unserer Mitbürger ja nicht schmälern, aber dieser Tag zeigt mir doch ganz deutlich, dass nicht in jedem ein Talent schlummert", sagte Henriette, während sie gemeinsam mit Gerda in Richtung *Heitmeyer`s Ochsenbraterei und mehr* schlenderte.

„Da hast du leider recht, Henni", stimmte Frieda, die gerade mit einem voll beladenen Teller von der Salatbar zurückkam, ihr bei.

„Wollen wir uns etwas teilen?" Henriette hatte zwar großen Hunger, doch angesichts der enormen Mengen, die Andreas Heitmeyer seinen Kunden auf die Teller schaufelte, kamen ihr Zweifel, ob sich wirklich jede von ihnen eine eigene Portion bestellen sollte.

„Das ist eine gute Idee. Wenn ich mir die Teller so anschaue, reicht ein Essen locker für uns drei", stimmte Gerda ihr bei und fügte nach einem Blick auf den Teller von Frieda noch hinzu: „Vor allem, weil wir ja schon bergeweise Salate haben."

So bestellten sie also nur einmal Spanferkel mit Kraut, nahmen sich aber dreimal Besteck und suchten sich anschließend einen ruhigen Sitzplatz am Weiher.

„Wann und wie soll es denn auf der Bühne weitergehen?", fragte Gerda, nachdem sowohl das Ferkel, als auch die Teller mit den Salaten verputzt waren.

„Wenn ich das richtig verstanden habe", setzte Henriette an, während sie auf ihre Armbanduhr schaute, „beginnt in 20 Minuten das Theaterstück und als krönendes Ende kommen dann die Feuer-künstler."

„Worum geht es in dem Theaterstück? Weißt du das?", fragte Gerda weiter.

„Trudi hat mir erzählt, dass es auf jeden Fall kein Bauerntheater sein wird."

„Ach, keine Dorf-Posse? Und ich dachte, so etwas erwartet man von Dorfgemeinschaften."

„Genau deswegen wollen sie ja auch etwas ganz anderes aufführen. Ich glaube, es gibt sogar einen Mord."

„Na dann bleibt ja nur zu hoffen, dass das spannender wird als das, was wir bisher ertragen haben.", lachte Gerda und stand auf. Henriette und Frieda taten es ihr gleich und gemeinsam gingen sie zu ihren Plätzen zurück.

„Was soll das heißen?"

„Genau das, was ich gesagt habe. Ich weiß alles von dir. Ich kenne dein Geheimnis."

„Ich habe keine Geheimnisse!", sie drehte ihm den Rücken zu, bereit zu gehen.

„Oh, ich denke schon. Was denkt dein Mann nochmal, welchem Beruf du früher ausgeübt hast? Ach ja, du warst Empfangsdame in einem Hotel. Und die niedliche kleine Stella … wie alt ist sie jetzt? Fünf? Und eure Hochzeit war nochmal wann?"

„Du mieser, kranker Wicht! Ich werde dich umbringen!"

„Oh bitte, wir wissen doch beide, dass du dazu nie in der Lage wärst."

„Ach nein?", langsam drehte sie sich zu ihm um und griff dabei in ihre Handtasche.

„Nein!"

„Wenn du dich da" ,sie stand ihm nun von Angesicht zu Angesicht gegenüber, in ihrer Hand eine Pistole, „ mal nicht irrst."

PENG!

Während er mit weit aufgerissenen Augen theatralisch zu Boden sank, schrie das Publikum entsetzt auf.

„Wow", dachte Bernd hoch erfreut, „ich bin doch überzeugender, als ich dachte."

Den so eben herab gekrachten Kronleuchter hatte er nicht bemerkt. Und damit auch nicht, dass unter dem Kronleuchter nun der alte Hösselbarth in seinem Plüschsessel begraben lag.

Als Bernd realisiert hatte, was der eigentliche Grund für die aufkeimende Panik war, stürzte er Hals über Kopf hinter die Bühne, hinaus zum See. Luft, er brauchte Luft. Denn obwohl er sich auf einer Freiluftbühne befunden hatte, hatte er das Gefühl zu ersticken. Hössselbarths aufgerissenen Augen, die starr und tot nach oben blickten, und dann all das Blut. Den Anblick von Blut hatte er noch nie ertragen und hier gab es wirklich eine Menge davon.

Der Lüster hatte Hösselbarth förmlich aufgespießt.

Kapitel 4

Es hatte nur Sekunden des Schrecks gedauert, in denen es das Publikum starr vor Entsetzen und Ungläubigkeit noch auf den Stühlen gehalten hatte, doch nun wuselte das ganze Dorf durcheinander. Die einen wollten möglichst nah zur Bühne, die anderen wollten möglichst weit weg von dem offensichtlich Toten.

Auf der Bühne stand Hösselbarth Junior reglos neben Max Ritter, einem ortsansässigen Rettungssanitäter, der krampfhaft versuchte das Leben in Hösselbarth Senior zurückzubringen.

Doch weder er noch der zur Bühne gehechtete Arzt Dr. Winter vermochten den Alten wiederzubeleben. Hösselbarth war tot. Erschlagen und aufgespießt von einem überdimensionalen Kronleuchter.

Auch Henriette, Gerda und Frieda verließen ihre Plätze. Gemeinsam schoben sie sich durch die Menge, bis Henriette plötzlich hörte, wie jemand hinter ihr ihren Namen rief.

„Henriette! Tante Henni! Warte!", nur wenige Meter von den Dreien entfernt schob sich ein junger Mann durch die Menschen auf sie zu. Dabei wedelte er wild mit den Armen.

„Du meine Güte Arne, was machst du denn hier?",
fragte Henriette überrascht und schob sich nun ihrerseits dem jungen Mann entgegen.

„Ich wollte mir das Eröffnungsspektakel nicht
entgehen lassen", der Mann lächelte und nahm Henriette zur Begrüßung in die Arme. „Allerdings hatte
ich nur ein nettes Theaterstück erwartet und nicht
das da", während er Richtung Bühne zeigte, verschwand das freundliche Lächeln und wich einer
besorgten Miene.

„Ja, das hatte wohl niemand erwartet", stimmte
Henriette ihm zu.

„Himmel, Henni, was ist denn genau passiert? Ich
war am Kuchenbuffet und hab gerade einen deiner
Muffins gegessen. Dann gab es einen Knall und
plötzlich haben alle wie wild geschrien. Als ich mich
dann umgedreht habe, habe ich zunächst nichts Un-
gewöhnliches gesehen. Bernd ging gerade theatralisch zu Boden, Lisa stand mit erhobener Waffe triumphierend lächelnd neben ihm. Alles wirkte ganz
normal. Erst als ein paar Damen neben mir erschrocken auf den alten Hösselbarth deuteten und immer
wieder „Mein Gott, oh mein Gott" riefen, wurde ich
stutzig, schaute genauer hin und sah den Kronleuchter.

„Ich weiß auch nicht viel mehr", antwortete Henriette kopfschüttelnd. Wir saßen recht weit hinten
und genauso wie du haben wir bei dem Knall nur auf
Lisa und Bernd geachtet. Nur im Augenwinkel sah
ich den Leuchter auf Hösselbarth fallen."

„Schade. Naja, dann werde ich mich mal zur Bühne durchschlagen, schauen, ob schon jemand die Kollegen angerufen hat und hoffen, dass die Leute auf der Bühne etwas mehr gesehen haben."

„Mach das Arne. Hast du vielleicht Lust, morgen zum Frühstück vorbeizukommen?"

„Gerne. Aber du lädst mich doch hoffentlich nicht nur ein, weil du hoffst, mir Einzelheiten über diesen Unfall hier aus den Rippen leiern zu können?", Arne zog verschmitzt eine Augenbraue hoch.

„Wie kommst du denn auf so eine Idee?", Henriette grinste. „Natürlich lade ich dich nur ein, weil du mein Lieblingsneffe bist und wir uns viel zu selten sehen."

„Na, ob ich das glauben soll? Ich denke ja eher, dass in dir gerade dein detektivisches Erbe etwas aufwallt."

„Wenn du das meinst ...", Henriette grinste und umarmte ihn liebevoll, bevor sie ihn sachte in Richtung Bühne schob. „Und jetzt ab mit dir, da oben wartet ein Toter auf dich."

„Da hast du leider recht", Arne seufzte kurz auf, bevor er sich endgültig von Henriette trennte und in Richtung Bühne davon stapfte.

Henriette hingegen zog es nicht zur Bühne, sie schlängelte sich gekonnt zu Trudi, die noch immer hinter dem Kuchenbuffet stand. Trudi war eine Erscheinung für sich. Sie liebte die 50´er Jahre und das sah man ihr auch an. Ihre blond gefärbten Haare hatte sie heute zu großzügigen Locken aufgedreht, die von einem rot gemusterten Haarband in Form gehalten wurden. Darüber hinaus hatte sie - wie immer - ein üppiges Make-up aufgelegt, dessen Krönung ein grellroter Lippenstift bildete. Zu dem Ganzen trug sie ein ausladendes Kleid mit auffälligem Kirschmuster, das ihre Rundungen perfekt in Szene setzte. Eine Kombination, die sicherlich nicht jede tragen konnte, doch zu Trudi passte es einfach. Man sah ihr wirklich nicht an, dass sie die 40 schon überschritten hatte.

„Henriette, Schatz, weißt du was da passiert ist?", wurde Henriette auch sogleich neugierig von Trudi begrüßt.

„Nicht wirklich Trudi, nicht wirklich. Aber anscheinend hat der Kronleuchter den alten Hösselbarth in seinem Plüschsessel erschlagen."

„Ist er tot?", fragte Trudi entsetzt.

„Ich denke schon. Soweit ich das gesehen habe waren Dr. Winter und der Max Ritter zwar sehr schnell bei ihm, aber so wie es aussieht haben sie nichts mehr für ihn tun können. Aber wie gesagt, genau weiß ich es auch nicht. Ich saß recht weit hinten beim Theaterstück und als das Chaos dann losging wollte ich nicht unbedingt zur Bühne. Man ist denen, die da helfen und ihre Arbeit machen ja doch nur im Weg."

„Da hast du wohl recht. Nichts ist schlimmer als Gaffer. Erschlagen. Du meine Güte, Henni, wie schrecklich und das an so einem Tag. Hoffentlich fühlen sich Bernd und Uwe jetzt nicht schuldig …

Himmel, was wenn sie Schuld haben?", Trudi war völlig aufgelöst und Henriette hatte Mühe ihr gedanklich zu folgen.

„Wieso sollen Uwe und Bernd denn Schuld haben?", fragte Henriette deswegen auch leicht irritiert.

„Na weil die beiden doch bei dem Aufbau für die Elektrik zuständig waren und da gehört doch dieser Leuchter bestimmt dazu, oder nicht?"

„Mag sein ...", Henriette dachte noch über das Gesagte nach, als ihr Blick auf Gudrun Hösselbarth, Wolfgang Hösselbarth Seniors Frau, fiel, die gerade am Stand der Metzgerei Heitmeyer vorbei in Richtung Bühne marschierte. „Besonders betroffen oder schockiert sieht die gute Gudrun ja nicht gerade aus", dachte Henriette noch, da war Frau Hösselbarth auch schon an ihr vorbei gerauscht.

„Na die hat es ja mal eilig", stellte dann auch Trudi fest, der der flotte, unerschütterte Gang von Frau Hösselbarth auch seltsam vorzukommen schien.

„Allerdings", stimmte Henriette ihr grübelnd zu und fragte sich insgeheim auch, woher Frau Hösselbarth gekommen war. Denn in den Sitzreihen der Bühne konnte sie eigentlich nicht gesessen haben, dann hätte sie sicherlich einen anderen, einen kürzeren Weg zur Bühne genommen. Und vor allem wäre sie sicherlich längst dort angekommen. Sollte man doch meinen, dass jede Ehefrau sofort losstürmen würde, wenn der eigene Mann auf der Bühne zusammenbricht, oder wie in diesem Fall erschlagen wird.

An Trudi gewandt fragte sie: „Willst du das Tortenbuffet jetzt noch länger auflassen?"

„Weiß nicht, ich befürchte die Leute werden jetzt keine große Lust mehr auf Kuchen oder Torte haben."

„Das denke ich auch. Soll ich dir beim Einräumen helfen?"

„Das wäre wirklich lieb von dir, Henni. Eigentlich sollte ja jeder, der einen Kuchen gespendet hat, nach der Theateraufführung noch einmal hier vorbei kommen und seine eventuellen Reste gleich wieder mitnehmen. Aber ich fürchte, bei dem ganzen Chaos wird da keiner mehr dran

denken" , sie deutete auf einen Pappkarton unter dem Buffettisch, „in der großen Kiste da hinten unter dem Tisch sind die ganzen Boxen von den Kuchen. Da packen wir die Reste am besten erst einmal rein."

„Gute Idee", stimmte Henriette ihr zu, holte eine erste Ladung Kuchenboxen und begann schweigend die Reste einzupacken.

Wenig später waren alle Leckereien verstaut und Henriette half noch die ganzen Boxen in Trudis Kleintransporter zu schaffen. Trudi wollte die ganzen Kuchen erst einmal in ihrem Kühlhaus lagern. Sie war sich sicher, dass die Kirchhausener sich ihre Boxen morgen bei ihr abholen würden.

„Und falls nicht", feixte Trudi, „hab ich eine Menge extra Kuchen und Torten, die ich bei mir verkaufen kann. Zum Wegwerfen sind die ganzen Sachen wirklich zu schade."

„Du bist wirklich unmöglich, Trudi", grinste Henriette.

„Na gut, vielleicht spende ich die Reste ja auch an das Seniorenstift. Die Damen und Herren dort sind immer für ein gutes Stück Torte zu begeistern."

„Das glaube ich sofort", stimmte Henriette ihr zu, bevor sie sich verabschiedete und sich gemütlich auf den Heimweg machte. Unterwegs ließ sie den ganzen Tag noch einmal Revue passieren.

Zu Hause angekommen öffnete sie das kleine schmiedeeiserne Tor, das, wie so oft in letzter Zeit, ein leises Quietschen von sich gab. „Ich sollte das die Tage dringend einmal ölen", dachte Henriette, während sie vorbei an üppigen Sommerstauden auf ihr kleines Haus zusteuerte, an dem der Blauregen langsam verblühte. Henriette atmete tief ein, nahm den intensiven Duft der Blumen in sich auf, bevor sie ins Haus ging. Dort wurde sie augenblicklich von Mrs. Hudson, ihrer grau-weiß getigerten Katze begrüßt, die ihr fordernd um die Beine strich. „Ich weiß, ich weiß. Ich habe dich ja auch vermisst", grinsend beugte Henriette sich zu der Katze hinunter und tätschelte ihre Seite. „Wo hast du denn Mycroft gelassen?" Kaum hatte sie seinen Namen ausgesprochen, kam der schwarze Kater mit den auffälligen weißen Pfoten auch schon gemächlich um die Ecke stolziert. Im Gegensatz zu Mrs. Hudson hielt er sich jedoch nicht lange mit einer Begrüßung auf, sondern marschierte direkt an Henriette vorbei in die Küche, wo er sich fordernd vor dem Futternapf niederließ. „Natürlich. Bloß nicht mit Freundlichkeiten aufhalten, was Mycroft?" Sie strich noch einmal über Mrs. Hudsons Kopf, bevor sie dem Kater in die Küche folgte und Futter und frisches Wasser in die Näpfe füllte. Anschließend ging sie ins Wohnzimmer, um es sich in ihrem Lieblingssessel noch mit einer leichten Lektüre gemütlich zu machen. Doch sie konnte sich einfach nicht auf die leidenschaftlichen Gefühle des Ritters für die angehende Königin konzentrieren. Immer wieder tauchten Bilder des heutigen Abends vor ihrem inneren Auge auf. Irgendetwas war merkwürdig gewesen, doch sie brachte die Bilder und ihre Gedanken nicht sinnvoll zusammen. Schließlich gab sie den Versuch des Lesens auf und ging ins Bett. Doch auch hier verfolgten sie die Geschehnisse noch eine Weile, bis sie irgendwann in einen unruhigen Schlaf fiel.

Dementsprechend zerknautscht fühlte sie sich auch, als sie am nächsten Morgen viel zu früh wach wurde. „Meine Güte Henriette, so schlecht hast du aber schon lange nicht mehr geschlafen", begrüßte sie sich folglich auch selbst mit einem Blick in den Spiegel. „Ich denke, ich gönne mir erst einmal einen starken Kaffee."

Und so saß sie dann wenige Minuten später auf ihrer kleinen Terrasse und beobachtete Mrs. Hudson und Mycroft bei ihrer ersten Runde durch den Garten, als von der großen Pappel auf der anderen Straßenseite ein großer, schwarzer Vogel auf sie zugeflogen kam und sich wie selbstverständlich neben ihr auf dem Tisch niederließ. „Munin, mein Freund. Schön dich zu sehen", begrüßte Henriette den Rabenvogel. „Dann will ich doch mal sehen, ob ich nicht noch eine Nuss für dich finde." „Kraa", machte der Vogel und blickte erwartungsvoll auf Henriettes Hosentasche. Der Vogel wusste genau, wo Henriette die Leckereien aufbewahrte. „Du hast Glück", sagte Henriette und legte dem Vogel zwei Walnüsse auf den Tisch. Geschickt hämmerte dieser auf der ersten Nuss herum, bis sie schließlich aufplatzte. Nachdem der Vogel den Inhalt der Nuss aufgefressen hatte, gab er ein weiteres „Kraa" von sich, bevor er schließlich mit der zweiten Nuss in Richtung Straße verschwand.

Versonnen blickte Henriette dem Rabenvogel noch eine Weile hinterher und erinnerte sich daran, wie sie den Vogel einst mit einem gebrochenen Bein in ihrem Garten gefunden hatte. Zum Glück hatte Dr. Falk, der ortsansässige Tierarzt und ein langjähriger Freund von Henriette, das Bein problemlos schienen können. Henriette hatte den Vogel danach gepflegt und versorgt, bis er vollkommen genesen war. Seitdem wich der Vogel ihr nie lange von der Seite.

Henriette erhob sich, rief nach den Katzen, die tatsächlich wenig später aus den Ecken des Gartens auftauchten, um ihr gemütlich zur, wie Mycroft lautstark anmerkte, längst fälligen Morgenfütterung ins Haus zu folgen.

Als Arne dann etwas später mit einer riesigen Tüte, gefüllt mit gemischten Backwaren aller Art, bei Henriette auftauchte, war der Frühstückstisch perfekt gedeckt, und Henriette fühlte sich deutlich fitter als noch am frühen Morgen.

„Arne, Junge, wer soll das denn alles essen? Hast du deine Kollegen auch gleich zum Frühstück eingeladen?", Henriette lachte, als sie die diversen Brötchen und Croissants in ein Körbchen legte.

„Ich wusste nicht so genau, was du am liebsten zum Frühstück isst. Eher Vollkorn oder doch lieber was Süßes. Da hab ich einfach von allem etwas genommen."

„Ein einfaches Brötchen hätte vollkommen gereicht. Du weißt doch, alte Frauen essen nicht mehr so viel", sie grinste.

„Bei alten Frauen mag das sein, aber da hier ja weit und breit keine alte Frau ist ..."

„Elender Charmeur", Henriette schlug ihm liebevoll auf den Oberarm, bevor sie sich beide an den Tisch setzten und wunderte sich - wie so oft - darüber, dass ihr Neffe Single war. Sicher, Arne war kein Chris Hemsworth, aber mit seinen 1,80 Metern, seinen nussbraunen Haaren und einem Körper, dem man das regelmäßige Hapkido, Training durchaus ansah, war er doch sehr ansehnlich. Und an Verstand und Charme fehlte es ihm auch nicht.

Nachdem sie sich und Arne Kaffee eingegossen und sich ein Brötchen mit Käse und Wurst belegt hatte, hielt Henriette es nicht länger aus.

„Jetzt erzähl schon. Was hast du gestern noch herausbekommen?"

„Du weißt aber schon, dass dich das eigentlich nichts angeht?"

„Tu jetzt bloß nicht päpstlicher als der Papst!"

„Na gut, aber nur, wenn du versprichst, dass heute Abend nicht gleich der ganze Ort informiert ist."

„Was denkst du denn von mir?", fragte Henriette entrüstet. „Ich bin doch keine Tratschtante."

„Also schön. Als Erstes kann ich dir sagen, dass es im Moment so aussieht, als wäre es kein einfacher Unfall gewesen."

„Du meinst jemand wollte, dass der alte Hösselbarth erschlagen wird?"

„Es sieht jedenfalls so aus. Das Seil, an dem der Kronleuchter befestigt war, war eindeutig manipuliert."

„Was soll das heißen, manipuliert?"

„Naja, ich bin ja kein Experte, aber einfach gerissen war das nicht. Es sah eher so aus, als wäre es durchgebrannt."

„Durchgebrannt?", wiederholte Henriette ungläubig.

„Jep. Genaueres kann ich dir aber auch erst sagen, wenn ich die Ergebnisse aus dem Labor habe."

„Dann war es also geplant", sinnierte Henriette. „Arne, dann war es Mord?!"

„Wenn es wirklich geplant war, dann war es vermutlich tatsächlich Mord", stimmte Arne seiner Tante zu.

„Aber Arne, ein Mörder hier bei uns in Kirchhausen? Das kann und will ich nicht glauben. Das würde ja bedeuten, dass ich den Täter -"

„Oder die Täterin", warf Arne ein.

„Oder die Täterin", verbesserte sich Henriette, „kennen könnte."

„Wäre dann durchaus möglich, ja", stimmte Arne ihr kopfnickend zu. „Aber natürlich könnte es auch jemand von außerhalb sein. Hier war ja gestern schließlich eine Menge los. Und viele der Gäste und vor allem auch der Künstler waren extra angereist."

„Da hast du natürlich recht. Trotzdem finde ich das alles beunruhigend."

„Wie dem auch sei, ich bin mir sicher wir finden raus, was da genau passiert ist. Später fahre ich übrigens noch bei der Witwe vorbei. Die war gestern ziemlich durch den Wind und da habe ich ihr angeboten heute zu ihr zu kommen, damit wir uns in Ruhe unterhalten können."

„Ich fand nicht, dass Gudrun gestern Abend sehr verstört aussah", bemerkte Henriette.

„Ach, du hast Frau Hösselbarth gestern Abend gesehen?"

„Allerdings. Und das Merkwürdige daran war, dass sie relativ spät nachdem der Leuchter heruntergefallen war zur Bühne marschiert ist. Und sie kam nicht aus dem Publikum."

„Woher kam sie dann? Und wann genau hast du sie gesehen?", wollte Arne nun sichtlich interessiert von Henriette wissen.

„Nachdem wir uns verabschiedet hatten und du zur Bühne gegangen bist, bin ich rüber zum Kuchenbuffet. Da stand Trudi ganz alleine. Also habe ich ihr geholfen, die ganzen Reste einzupacken. Uns war klar, dass bei all dem Chaos keiner mehr einen Kuchen wollen würde."

„Schon klar, aber Tante Henriette, könntest du bitte zur Sache kommen", verlangte Arne voller Ungeduld.

„Schon gut, schon gut. Also, wo war ich ... ach ja. Na jedenfalls habe ich da Gudrun Hösselbarth gesehen. Sie kam vermutlich von der Straße, denn sie tauchte hinter dem Stand vom Heitmeyer auf. Und der lag ja auf der anderen Seite, also nicht da, wo die Zuschauerbänke aufgebaut waren, sondern ganz außen im Essbereich. Also noch weiter weg von der Bühne als zum Beispiel unser Kuchenbuffet."

„Das ist in der Tat sehr merkwürdig und sehr interessant. Ich bin jetzt schon gespannt, was sie mir nachher dazu zu sagen hat."

„Nimmst du mich mit?", fragte Henriette nun voller Elan.

„Wohin?", fragte Arne verwundert.

„Na zu Gudrun Hösselbarth."

„Weshalb willst denn da mitkommen? Traust du mir nicht zu, sie allein nach diesen Ungereimtheiten zu fragen?", wollte Arne wissen und klang dabei fasst ein wenig beleidigt.

„Natürlich traue ich dir das zu. Immerhin bist du mein Neffe und dein Onkel war nicht nur selbst ein ganz großartiger Polizist, sondern auch sehr stolz, als er erfahren hat, dass du ebenfalls zur Polizei wolltest. Er hat immer daran geglaubt, dass du einmal ein großartiger Kriminalkommissar wirst."

„Danke Tante Henni, es bedeutet mir viel, wenn du das sagst", dabei streichelte Arne sanft über Henriettes Rücken. Er wusste, wie sehr sie ihren Mann geliebt und seine Arbeit geschätzt hatte. „Einer muss immer für recht und Ordnung sorgen. In Gotham City ist das Batman, in New York Spiderman und hier bei uns ist es eben dein Onkel", hatte sie ihm schon von klein auf gepredigt. Es gab eine Zeit, da hätte es ihn nicht gewundert, wenn sein Onkel nicht mit dem alten Opel zur Arbeit gefahren wäre, sondern sich in ein Batmobil geschmissen hätte oder einfach gleich losgeflogen wäre.

„Ich denke einfach", nahm Henriette den Faden wieder auf, „es würde eventuell entspannter werden, wenn du mich mitnehmen würdest. Du musst wissen, dass Gudrun, also Frau Hösselbarth, und ich seit Jahren gemeinsam die Spendenveranstaltungen für das Tierheim in Waldenheim organisieren."

„Hm, vielleicht hast du recht. Die meisten Menschen werden sofort nervös oder total verschlossen, wenn ein Polizist ihnen Fragen stellt. Selbst wenn sie nichts zu verbergen haben. Also gut. Dann würde ich vorschlagen, dass wir jetzt ganz in Ruhe zu Ende frühstücken, dann helfe ich dir beim Abwaschen und danach fahren wir gemeinsam zur Witwe Hösselbarth", schloss Arne das Gespräch an dieser Stelle und schob sich genüsslich den letzten Bissen seines Croissants in den Mund.

Kapitel 5

Als die beiden sich später in Arnes Auto auf den Weg zu Gudrun Hösselbarth machten, berichtete Arne Henriette in kurzen Zügen, was er von den anderen Theatergruppenteilnehmer erfahren hatte. Er erzählte Henriette, dass Lisa sich so auf ihre Rolle und den Schuss konzentriert hatte, dass sie im Grunde gar nichts mitbekommen hatte; dass Bernd erst ziemlich spät realisiert hatte, dass das Geschrei der Leute nichts mit seinem spektakulären Bühnentod zu tun hatte, sondern dem toten Hösselbarth gegolten hatte und das ihm beim Anblick des blutüberströmten Hösselbarth so schlecht geworden sei, dass er schnellstmöglich in Richtung See gestürzt sei.

Weitere vier Mitglieder, Max, Gabi, Frauke und Petra hatten sich während der Mordszene hinter der Bühne aufgehalten und dementsprechend nicht gesehen, was auf der Bühne passiert war. Allerdings, so berichtet Arne stirnrunzelnd, meinten Frauke, Max und Gabi, dass ihnen der Knall in der Mordszene gestern deutlich lauter vorgekommen sei als bei den Proben.

„Hm, interessant. Könnten sie recht haben? Und was würde das bedeuten?", fragte Henriette aufgebracht.

„Möglich wäre es. Wie gesagt, ich möchte nicht spekulieren, so lange ich nichts vom Labor gehört habe. Aber irgendwie muss der Täter -"

„Oder die Täterin", war es nun an Henriette, ihren Neffen zu unterbrechen.

„Oder die Täterin", fuhr er grinsend fort," ja dafür gesorgt haben, dass der Leuchter auf den alten Hösselbarth hinunter saust."

„Eine Explosion?", fragte Henriette ungläubig.

„Möglich. Aber wie gesagt, damit beschäftige ich mich, wenn ich Ergebnisse habe. Und was ich bisher über die beiden Söhne weiß, muss wohl noch warten, denn da vorne ist schon das Haus der Hösselbarths."

Arne lenkte den Wagen in die weitläufige Auffahrt, die zum einen zu den Firmengebäuden der Familie und zum anderen zum dahinter gelegenen Wohnhaus der Hösselbarths führte.

„Wer hat, der kann", murmelte Arne, während er die großzügig angelegten Blumenbeete und den auf Golfniveau getrimmten Rasen bestaunte.

„Ja, die Hösselbarths zeigen gerne, was sie haben", stimmte Henriette ihrem Neffen zu.

Nachdem Henriette geklingelt hatte, wurde ihnen, wenn man die Größe des Hauses bedachte, erstaunlich schnell von Jenny Hösselbarth, der Frau von Hösselbarths älterem Sohn Wolfgang Junior, geöffnet.

„Oh, hallo Frau Weber. Mit ihnen hatten wir jetzt ehrlich gesagt nicht gerechnet", begrüßte Jenny sie mit einem verdutzten Gesichtsausdruck.

„Hallo Jenny. Mein Neffe", dabei deutete sie auf Arne, der nun ein freundliches Lächeln aufsetzte, „ ist bei der Polizei und für den tragischen Vorfall von gestern Abend zuständig. Als er mir erzählt hat, dass er heute noch eine Verabredung mit Gudrun hat, habe ich ihn gebeten mich mitzunehmen, damit ich ihr, und natürlich auch dir und dem Rest der Familie, mein Beileid aussprechen kann."

„Ach so, ja dann kommen Sie doch bitte herein. Gudrun und Wolfgang sind im Wohnzimmer."

Noch während sich Jenny umdrehte, um die beiden zum Wohnzimmer zu führen, klingelte es erneut. Als Jenny dieses Mal öffnete, drängte sich augenblicklich Erik, der jüngste Sohn der Hösselbarths durch die Tür in den Flur, wo er fast mit Henriette zusammenstieß.

„Oh, Verzeihung. Hätte nicht gedacht, dass hier so ein Andrang herrscht", feixte er, dafür, dass sein Vater erst vor wenigen Stunden gestorben war, extrem gut gelaunt.

„Grüß dich Erik", begrüßte Henriette den jungen Mann.

„Henriette, was treibt dich denn hierher?"

„Mein Neffe ist mit deiner Mutter verabredet, weil er noch ein paar Fragen wegen gestern Abend an sie hat. Und da habe ich mich kurzerhand einfach mit eingeladen, um zu sehen, wie es Gudrun geht, und ob ich ihr irgendwie helfen kann."

„Ah, dann ist dein Neffe also bei der Polizei. Das wusste ich ja gar nicht", sagte Erik und musterte Arne dabei neugierig. „Na dann. Immer rein in die gute Stube", lud Erik sie mit ausladender Geste ein einzutreten.

Im Zimmer saßen sich Gudrun und Wolfgang Junior in einer ledernen Sitzgruppe gegenüber. Während Gudrun relativ gefasst aussah, sah man Wolfgang an, dass er letzte Nacht nicht viel Schlaf bekommen zu haben schien. Er wirkte müde, sein Gesicht war gleichzeitig aschfahl und rotfleckig und seine Haare hingen in wirren Strähnen von seinem Kopf ab.

„Hallo Mama", begrüßte Erik seine Mutter, gab ihr einen Kuss auf die Wange und ließ sich neben ihr in die Couch fallen. Seinen Bruder begrüßte er hingegen nur mit einem knappen: "Bruder", wobei er seine Hand zum Gruß hob, als ob er einen entfernten Bekannten über eine weite Strecke hinweg begrüßen wollte. Erst jetzt bemerkte Gudrun Henriette und Arne, die in der Tür stehen geblieben waren, woraufhin sie sich schwungvoll erhob und auf Henriette zu eilte.

„Henriette, was für eine freudige Überraschung", begrüßte sie die Freundin und umarmte sie fest. Noch bevor Henriette etwas erwidern konnte, stürmte Gudrun auf Arne zu und gab ihm strahlend die Hand, während sie auch ihn begrüßte.

Ganz die Dame des Hauses platzierte sie Henriette und Arne anschließend auf der Couch und wies Jenny an, sie möge doch bitte einen Tee aufsetzen.

Als Jenny kurze Zeit später mit einem Tablett voller Teeutensilien und Keksen zurückkam, hatte die restliche Gruppe die üblichen Begrüßungs- und Beleidsfloskeln bereits hinter sich gelassen und war bei den Schilderungen des gestrigen Abends angekommen.

Während Wolfgang versuchte, Arne den Ablauf des Abends möglichst genau zu beschreiben, konzentrierte sich Henriette auf die Gesten, die Haltung und die Gesichtsausdrücke der Anwesenden.

Jenny war eine eher unscheinbare Erscheinung, vor allem, wenn sie, so wie jetzt, direkt neben ihrer Schwiegermutter saß.

Jennys Haare waren von einem traurigem dunkelblond und sie trug die Haare zu einem einfachen Pferdeschwanz gebunden. Gudruns Haare waren ebenfalls von eher dunklerem blond. Doch bei ihr wirkten die ordentlich zu einer eleganten Hochsteckfrisur drapierten Haare wie in Honig getaucht. Und obwohl beide eine überaus trainierte Figur hatten, ließ diese Gudrun stolz und schlank aussehen, während Jenny einfach nur dünn, ja beinahe ausgezehrt, aussah. Auch die Art, sich zu kleiden, hätte bei beiden nicht unterschiedlicher sein können. Gudrun trug eine elegante Kombination aus schwarz und dunkelgrau, Jenny hingegen wirkte in ihrem schwarzen langen Rock und der ebenfalls schwarzen Bluse einfach nur unglaublich verloren.

Auch die beiden Söhne hätten verschiedener kaum sein können. Wolfgang war von seiner kompletten Erscheinung eher der unscheinbare Typ. Er wirkte, und das nicht nur heute, aufgrund der besonderen Situation, immer etwas neben der Spur. Schon in jüngeren Jahren dackelte er seinem Vater im familiären Betrieb und bei diversen Außeneinsätzen meist hilflos hinterher. Selbst als klar war, dass er den Betrieb eines Tages übernehmen würde, wirkte er stets ein wenig aufgeschmissen, dabei war er, so hörte man es jedenfalls von vielen Kunden und Geschäftspartnern, ein recht guter Geschäftsmann.

Gudrun und Wolfgang Senior waren stets ein glamouröses Paar gewesen. Egal ob es um den Kirchenbesuch zu Weihnachten oder um die Eröffnung des jährlichen Frühlingsfestes gegangen war, die beiden liebten die Auftritte und glänzten dabei auch immer.

Wolfgang Junior und seine Jenny hingegen wirkten bei solchen Anlässen immer leicht fehl am Platz. Man merkte den beiden einfach an, dass sie die Aufmerksamkeiten nicht mochten und sich stattdessen lieber daheim mit ihren drei kleinen Kindern beschäftigten.

Erik war vier Jahre jünger als Wolfgang. Er war unverheiratet und schien sowohl diese Freiheit, als auch die Freiheit sich nicht mit dem Betrieb seiner Familie auseinandersetzen zu müssen, sehr zu genießen. Im Gegensatz zu seinem Bruder hatte Erik studiert und dafür natürlich das Dorf für ein paar Jahre verlassen. Henriette wusste nicht genau was, aber es war wohl irgendetwas Technisches, wenn sie sich richtig erinnerte. Nach seinem Studium und einem anschließenden halben Jahr auf irgendeiner karibischen Insel, Gudrun hatte Henriette einst bei einer Spendensammlung für das Tierheim davon erzählt und sich mächtig geschämt, weil ihr Sohn sich nach seinem Studium „erst einmal entspannen" musste, kam er nach Hause zurück und quartierte sich bequemerweise im Gartenhäuschen der Eltern ein. Dort „wohnte" er, soweit Henriette wusste, noch immer. Er war sicherlich nicht faul, auch dass wusste sie von Gudrun. Erik arbeitete immer irgendwo. Aber eben nie für lange Zeit. Er war ein unsteter Geist. Sprunghaft.

Als Henriette sich wieder auf die Gespräche um sie herum konzentrierte, war Wolfgang anscheinend gerade mit seinen Schilderungen der Abläufe des gestrigen Abends an der Stelle, an der der Notarztwagen seinen Vater eingeladen und Dr. Winter ihm gesagt hatte, dass er sich lieber keine Hoffnungen machen sollte.

Danach ließ sich Arne schildern, wie Gudrun Hösselbarth den Abend erlebt hatte. Sie beschrieb relativ unaufgeregt, dass sie die Pause zwischen den Kleinkunstdarbietungen und der Theateraufführung, so wie die Meisten anderen Gäste auch, dazu genutzt hatte, etwas zu essen. Auf eine kurze Nachfrage von Arne, was sie denn gegessen hätte, antwortete Gudrun, dass sie sich erst eine Rindsbratwurst beim Heitmeyer geholt hätte und im Anschluss noch auf eine Portion Erdbeertiramisu bei Trudis Kuchenbuffet vorbeigeschaut hätte. Danach sei sie dann zu ihrem Sitzplatz zurückgegangen und habe auf den Beginn der Theateraufführung gewartet.

„Und da sind Sie dann auch bis zu dem Unfall geblieben?", fragte Arne dann aufmerksam nach und sah sie dabei sehr genau an.

„Natürlich, wo hätte ich denn auch hingehen sollen?", fragte Gudrun lächelnd zurück.

„Keine Ahnung, verzeihen Sie, wenn ich da so genau nachfrage. So ist mein Job. Leider", lächelte nun auch Arne und nahm die Antwort schweigend hin. Sein Lächeln wirkte allerdings sehr gestellt und als er den Blick schließlich zu Henriette schweifen ließ, war dieser sofort klar, was er von Gudruns Antwort hielt. Nämlich nichts. Henriette zog kurz die Augenbrauen kraus, schwieg aber ebenfalls. Darüber, das wusste sie, würden sie und Arne später unter vier Augen noch einmal reden.

Zum Schluss widmete sich Arne noch Erik. Der erzählte Arne, dass er sich die, wie er es nannte, *menschenunwürdigen Darbietungen von Möchtegern-Künstlern* ganz sicher nicht angetan hatte und sich stattdessen bereits vor der von seinem Vater albern aufgezogenen Eröffnung der Bühne einen schönen Platz am Stand vom Heitmeyer gesichert hatte, um sich dort zunächst eine großzügige Portion Ochsenbraten und im Anschluss noch das eine oder andere Bier zu gönnen. „*Heitmeyers Ochsenbraten ist allemal mehr Kunst als das, was da auf der Bühne geboten wurde*", schloss Erik seine Aussage ab und blickte anschließend abwartend zu Arne. Der fragte nur noch die üblichen Standards ab. Ob Erik etwas Besonderes aufgefallen wäre, ob irgendetwas komisch gewesen sei und ob es irgendjemanden geben könnte, der dem alten Hösselbarth nicht ganz so wohlgesonnen war. Erik verneinte die ersten beiden Fragen ohne zu zögern, blieb an der Frage nach eventuellen Neidern oder womöglich Feinden jedoch etwas hängen.

„Wieso fragen Sie nach möglichen Feinden?", fragte er dann auch mit leichtem Misstrauen in der Stimme nach.

„Nun, Genaues kann ich Ihnen dazu noch nicht sagen, aber es gibt im Moment einige Hinweise darauf, dass es sich eventuell nicht um einen einfachen Unfall gehandelt haben könnte", eröffnete Arne vorsichtig das neue Emotionsfeld. Immerhin waren bis zu diesem Moment alle Angehörigen von einem tragischen Unfall ausgegangen und die Andeutung, dass es jemand absichtlich auf Hösselbarth Senior abgesehen haben könnte, brachte natürlich völlig neue Gefühle ins Spiel.

„Soll das etwa heißen", mischte sich nun auch Gudrun deutlich aufgebrachter als zuvor ein, „mein Mann wurde ermordet?!"

„Also von Mord reden wir nun wirklich noch nicht Frau Hösselbarth. Wir sind hier ja schließlich nicht im „Tatort", wo jeder Tod gleich ein heimtückischer Mord ist", Arne versuchte sich an einem Lächeln. „Nein, also wirklich, bevor wir von Mord reden, müssen das Labor und die Pathologie erst einmal ihren Job abschließen. Und dann sehen wir weiter. Aber noch einmal zurück zu meiner Ausgangsfrage. Gäbe es denn jemanden, der eventuell ein Problem mit Herrn Hösselbarth gehabt haben könnte?", wiederholte Arne die wesentliche Frage und blickte dabei von Gudrun zu Erik und zuletzt auch zu Jenny. Die schüttelte einfach nur schüchtern den Kopf, während Erik und Gudrun eher dreinblickten, als müssten sie darüber kurz nachdenken.

„Also Herr Voß, ganz ehrlich, sicherlich ist mein Mann in seinem Leben einigen Leuten unangenehm auf die Füße getreten. Allein schon aufgrund seiner Arbeit und seiner damit verbundenen Stellung. Aber dass ihn deswegen gleich jemand umbringen würde, nein, also wirklich, das kann und will ich mir nicht einmal im Traum vorstellen", beantwortete Gudrun dann nach kurzer Zeit als Erste Arnes Frage. Henriette beobachtete ihre Freundin dabei sehr genau und entdeckte irgendetwas in Gudruns Mimik, das ihr seltsam vorkam. Näher einordnen konnte sie es allerdings nicht, denn kaum war der Ausdruck in Gudruns Gesicht aufgeblitzt, war er auch schon wieder weg.

Erik hingegen verzog keine Miene, als er seiner Mutter im Großen und Ganzen zustimmte. Natürlich habe sein Vater nicht nur Freunde gehabt, stellte

Erik klar und ging sogar so weit zu behaupten, dass es sicherlich mehr als einen Menschen geben würde, der den Alten lieber tot als lebendig sehen würden. Aber auch er könnte sich niemanden vorstellen, der dazu wirklich in der Lage wäre. So ein Mord, meinte Erik und klang dabei fast ein wenig betroffen, sei ja schließlich kein Kinderspiel.

Als Arne und Henriette wenig später im Auto saßen, war es Henriette, die Gudruns Lüge als Erste ansprach.

„Arne, ich bin mir wirklich sicher, dass ich Gudrun gesehen habe, und sie kam definitiv nicht aus dem Publikum."

„Und ich glaube dir. Gudrun hat gelogen, da bin ich mir absolut sicher. Bleibt nur die Frage, warum?"

„Ja, warum ...", flüsterte Henriette und blickte nachdenklich aus dem Fenster.

„Was hältst du von Wolfgang?", unterbrach Arne Henriettes Gedanken.

„Wolfgang war genauso, wie ich es erwartet habe. Du darfst nicht vergessen, dass ich die Familie schon seit Jahren kenne und Wolfgang war schon immer eher ... naja ..."

„Trottelig?", warf Arne schmunzelnd ein.

„Ich weiß, dass er so wirken kann, aber das täuscht. Wolfgang ist ein sehr guter Geschäftsmann und so wie es aussieht auch ein guter Vater. Er ist einfach schnell unsicher, wenn er auf unbekanntes Terrain gerät oder in die Öffentlichkeit gezerrt wird.

Und bei der Eröffnungsfeier gestern traf ja nun beides zu. Dort als Conferencier aufzutreten, war bestimmt nicht seine, sondern die Idee seines Vaters gewesen."

„Aber wenn er solche Aktionen nicht mag, warum hat er es dann gemacht?", fragte Arne verwundert.

„Weil er sich noch nie gegen seinen Vater aufgelehnt hat. Er hat immer gemacht, was sein Vater wollte und wie der es wollte."

„Das ist irgendwie traurig."

„Traurig ist vor allem, dass der alte Hösselbarth nur zu gut wusste, wie unangenehm seinem Sohn solche Auftritte schon immer waren und es einfach ignoriert und ihn im Grunde gezwungen hat mitzuspielen", stimmte Henriette leicht säuerlich zu.

„Also findest du die Reaktion von Wolfgang Junior, nachdem sein Vater mehr oder weniger erschlagen wurde normal?", fragte Arne.

„Du meinst, weil er einfach nur da stand und keine Anstalten gemacht hat seinem Vater zu helfen?", hakte Henriette nach.

„Genau. Ich meine, sollte man nicht annehmen, dass jeder und vor allem der eigene Sohn sofort alles versuchen würde, um zu helfen?"

„Normalerweise sicherlich", stimmte Henriette ihm zu. „Aber ich glaube wirklich, dass Wolfgang komplett überfordert war. Sowohl mit seiner Rolle als „Gastgeber" der Show, aber ganz besonders auch mit der Tatsache, dass sein Vater plötzlich blutüberströmt unter einem riesigen Kronleuchter begraben wurde."

„Er ist also das ganze Gegenteil von seinem Bruder", wechselte Arne nun die Gesprächsrichtung.

„In gewisser Weise schon", stimmte Henriette Arne zu und schilderte ihm dann kurz den Lebenslauf des jüngeren Bruders.

„Verstehe, Wolfgang wurde sozusagen von jeher als Hösselbarths Nachfolger erzogen, wohingegen der Zweitgeborene schon immer tun und lassen konnte, was er wollte. Klingt sehr altmodisch und absolut nicht fair", grummelte Arne verständnislos.

„Da gebe ich dir recht. Die Familie ist allerdings in vielen Dingen eher konservativ. Wo war eigentlich Jenny, als der Leuchter fiel?", wollte Henriette nun wissen. „Du hast sie eben gar nicht befragt, oder habe ich das verpasst?"

„Nein, du hast nichts verpasst. Jenny habe ich gestern Abend schon befragen können. Sie hatte sich gemeinsam mit ihren drei Kindern den ersten Teil der Darbietungen angesehen. Sie sagte, dass diese Sachen den Kindern gut gefallen hätten. Der Kinderchor, die Zaubereinlagen, naja du weißt schon, alles Dinge, die Kinder lieben. Als jedoch das Theaterstück begann, war sie mit den Kindern gegangen. Die beiden größeren Kinder, Velvet und Leif wollten unbedingt noch ein Eis, bevor es nach Hause gehen sollte. Also hatte Jenny sich überreden lassen und während die meisten Menschen sich wieder auf ihre Plätze setzten, hatten sie und die Kinder sich ein

Eis geholt, das sie in Ruhe am See essen wollten. Doch noch bevor sie das Eis aufgegessen hatten. Begann wohl das allgemeine Chaos. Jenny hatte von den Dingen auf der Bühne bis dahin gar nichts mitbekommen. Sie saß schräg hinter der Bühne und konnte zwar von hinten auf die Bühne sehen, aber interessiert hat es sie wohl nicht. Sie hat erzählt, dass sie das Stück bereits mehrfach, zumindest in Teilen, bei den verschiedenen Proben gesehen hat, weil ihr Mann seine Auftritte natürlich auch einige Male geprobt hat."

„Verstehe. Das heißt also, dass keiner aus der Familie sagen kann, ob Gudrun im Publikum saß, oder nicht."

„Stimmt. Und das wiederum heißt für uns, dass wir dringend andere Zeugen finden müssen. Egal ob für Gudruns, oder für deine Aussage."

„Na dann lass mich doch am Besten gleich mal am Marktplatz raus, dann schaue ich direkt mal bei Trudis TörtchenTraum vorbei. Angeblich hat die gute Gudrun dort ja ein Erdbeertiramisu gegessen, bevor sie zu ihrem Sitzplatz zurückgegangen ist", bat Henriette Arne, der gerade auf die Hauptstraße eingebogen war.

„Das klingt nach einer guten Idee", stimmte Arne ihr zu, „und ich werde dann ins Revier fahren und schauen, was die Pathologie und die Kollegen vom Labor für mich haben.

Kapitel 6

Trudis TörtchenTraum strahlte in allen Pastelltönen, die das Universum zu bieten hatte über den ganzen Marktplatz. Auf die vanille-gelbe Fassade hatte Trudi sich von einer befreundeten Künstlerin einen riesigen, grinsenden, zuckersüßen CupCake malen lassen. Trudi war sofort Feuer und Flamme gewesen und seitdem zierte der kleine Kuchen ihre Speise- und Visitenkarten, ihren Kleintransporter und selbst auf den Schürzen der Angestellten war der kleine Kerl vertreten.

Unter der babyblau-rosa-weiß gestreifte Markise saßen einige Gäste und ließen sich Torte oder Kuchen schmecken. Als Henriette zum Eingang ging, blieb ihr Blick wie jedes Mal an den zwei überdimensionalen Zuckerstangen hängen, die die Eingangstür flankierten. Mit ihren auffälligen rot-weißen Streifen erinnerten sie Henriette immer an Barbierpfosten. Seit Arne ihr einmal erzählt hatte, dass diese Streifen vermutlich im Mittelalter entstanden waren und den Kunden darauf hinweisen sollten, dass er hinter der Tür nicht nur einen neuen Haarschnitt oder eine Rasur, sondern bei Bedarf auch einen Aderlass oder andere kleine chirurgische Ein-

griffe erhalten konnte, fand Henriette die Zuckerstangen irgendwie abstoßend.

Kaum hatte Henriette Trudis Café betreten, kam
diese auch schon hinter ihrem mit bunten Torten,
Muffins und anderen kleinen Köstlichkeiten vollge-
packten Tresen hervorgestürmt.

„Henni, sag stimmt das, was man so munkeln
hört?" Eilig wischte sie sich die Hände an ihrer
Schürze, auf der natürlich auch der kleine CupCake
aufgedruckt war, ab und umarmte ihre Freundin heftig.

„Hallo Trudi. Wieso, was hört man denn so?",
fragte Henriette möglichst beiläufig und versuchte
dabei sanft, sich aus Trudis viel zu enger Umarmung
zu lösen. Natürlich konnte sie sich nur zu gut vorstellen, dass seit gestern Abend die Gerüchteküche
im Ort nur so brodelte. Immerhin war der alte Hösselbarth tot und die Polizei war auch irgendwie in-
volviert. Das reichte sicher für eine menge wilder
Spekulationen.

„Na, dass es kein Zufall war, dass der Hösselbarth
von dem Kronleuchter erschlagen wurde", Trudi
war so aufgeregt, dass sich kleine hektische Flecken
in ihrem Gesicht bildeten. „Sondern, dass da jemand
nachgeholfen hat."

„Ich weiß es nicht, Trudi."

„Ach komm schon. Immerhin ist dein Neffe bei
der Polizei. Er war gestern vor Ort und gerade hat er
dich doch hier abgesetzt, oder war das etwa nicht

sein Auto, aus dem du gerade gestiegen bist?", fragte Trudi und klang dabei fast ein wenig beleidigt.

„Doch, das war sein Auto und ja, vielleicht war es kein einfacher Unfall", gab Henriette zu.

„Oh mein Gott, oh mein Gott", jetzt war Trudi komplett aus dem Häuschen und die kleinen Flecken mutierten zu seeähnlichen Landschaften.

„Trudi, bitte beruhige dich doch", versuchte Henriette ihre Freundin zu beruhigen und schob sie zu einem der kleinen Tische.

„Beruhigen, Himmel Henni, wie soll ich mich denn beruhigen, wenn du mir praktisch sagst, dass hier ein Mörder frei herumläuft?!", Trudis Stimme war nun extrem schrill.

„Also von einem Mörder habe ich nun wirklich nichts gesagt. Nicht mal angedeutet", stellte Henriette schnell klar. „Mein Neffe hat lediglich gesagt, dass es eventuell ein paar Auffälligkeiten an dem Befestigungsseil gab."

„Auffälligkeiten, was denn für Auffälligkeiten", fragte Trudi nun schon etwas ruhiger nach.

„Keine Ahnung. Er weiß doch auch noch nichts Genaues und muss erst auf die Berichte und Ergebnisse von Labor und Pathologie warten."

„Also weißt du wirklich nichts?"

„Nein. Ich weiß nichts und Arne weiß auch noch nichts", bekräftigte Henriette ihre Aussage noch einmal. „Aber vielleicht kannst du uns helfen, ein paar Dinge klarer zu sehen."

„Ich?", quiekte Trudi ungläubig, „Wie soll ich euch denn helfen können?"

„Naja, Arne hat natürlich schon angefangen, sich ein wenig umzuhören und dabei sind Fragen aufgetaucht, bei denen du ihm vielleicht helfen könntest."

„Was denn für Fragen?" Nun war Trudi ganz Ohr und Henriette begann ihr von den gemachten Angaben der Familie Hösselbarth zu erzählen. Trudi konnte problemlos bestätigen, dass Gudrun kurz vor Beginn des Theaterstücks bei ihr ein Tiramisu gegessen hatte und auch das Erik die ganze Zeit gegenüber beim Heitmeyer gesessen hatte. Jenny und die Kinder hatte sie einmal kurz an ihren Stand vorbeigehen sehen, aber wohin genau die vier dann gegangen waren, konnte Trudi ihr leider nicht sagen. Auf die Frage, ob Trudi sich denn erinnern könne, wohin Gudrun Hösselbarth nach ihrem Tiramisu gegangen sei, konnte sie hingegen mehr sagen.

„Sie ist am Salatbuffet und am Crêpes Stand vorbei in Richtung Hauptstraße abgerauscht", gab Trudi Auskunft.

„Sie ist also definitiv nicht zu den Sitzplätzen gegangen?", hakte Henriette nach.

„Nein, die waren doch auf der anderen Seite aufgebaut", versicherte ihr Trudi.

„Hast du eine Idee, wo genau sie hin wollte?"

„Nein, keine Ahnung. Nach dem Crêpes Stand habe ich sie nicht mehr gesehen. Waren ja schließlich eine Menge Leute unterwegs, da verliert sich selbst eine so auffällige Erscheinung wie Gudrun Hösselbarth."

„Da hast du wohl recht", gab Henriette zu.

Anschließend fragte Henriette noch nach den Kuchenresten vom Vortag und Trudi erzählte ihr, dass sie tatsächlich beschlossen hatte, die übrig gebliebenen Kuchen am nächsten Morgen in das Seniorenstift zu bringen. Die Heimleitung sei von der Idee begeistert und die meisten Spender wollten ihre Reste eh nicht zurückhaben.

Während Arne sich auf dem Revier durch die verschiedenen Berichte und Ergebnisse arbeitete, saß Henriette mit einer heißen Tasse Hagebuttentee auf ihrer Terrasse und genoss die abendliche Sonne. Mrs Hudson hatte sich entspannt an Henriettes Füßen zusammengerollt, während Mycroft im hinteren Teil des Gartens den Mäusen auflauerte. Die waren jedoch schlau genug, sich nicht erwischen zu lassen. In Henriettes Schoß lag ein kleiner Notizblock, auf dem sie einerseits die bis dahin gesammelten - in ihren Augen wichtigen - Informationen und andererseits die vielen noch offenen Fragen notiert hatte. Das half ihr, ihre Gedanken zu sortieren und natürlich auch dabei, nichts zu vergessen, bis sie wieder mit ihrem Neffen sprechen würde. Und wenn sich Henriette ihre Notizen so ansah, gab es noch eine Menge Dinge zu besprechen.

Zu dem gleichen Ergebnis kam am Ende eines langen Abends auch Arne, nachdem er den letzten

Laborbericht zur Seite gelegt und sich müde auf den Weg nach Hause gemacht hatte.

 **Kapitel 7**

Als Trudi am nächsten Nachmittag die Tür des Seniorenstifts hinter sich schloss, konnte sie es kaum erwarten, zu Henriette zu fahren. Dieser Nachmittagsbesuch hatte so viele erstaunliche Neuigkeiten gebracht, die sie Henriette unbedingt augenblicklich erzählen musste. Diese staunte dann nicht schlecht, als eine leicht überdrehte Trudi vor ihrer Tür stand und sie mit den Worten: " Du wirst nicht glauben, was ich heute alles erfahren habe!", begrüßte.

Nachdem Henriette sie hereingebeten und einen Tee aufgebrüht hatte, setzten sie sich auf die Terrasse und Trudi begann - nun schon etwas ruhiger - von ihrem Nachmittag im Seniorenstift zu berichten. Sie erzählte Henriette, dass sie ein paar äußerst interessante Gespräche mit den Damen und Herren gehabt habe. Natürlich gab es viele, teilweise doch sehr abenteuerliche, Spekulationen über die Geschehnisse am Bühnen Eröffnungsabend, aber es gab auch einige Geschichten aus dem Leben der Hösselbarths, die Trudi relativ glaubhaft vorkamen und die, wie sie fand, eventuell interessant für die Polizei sein könnten. So habe die Witwe Puhlig ihr zum Beispiel erzählt, dass der alte Hösselbarth schon seit Jahren immer wieder mal die eine oder andere Liebschaft gehabt haben soll. Das heile Eheleben von Wolfgang Senior und Gudrun, was beide immer so gerne in der Öffentlichkeit zur Schau gestellt hatten, sei in ihren Augen reine Blasphemie für das heilige Sakrament der Ehe. Und Helmut Witzel hatte dazu noch anzumerken, dass einige dieser Damen deutlich jünger als der alte Hösselbarth waren und er wusste außerdem zu berichten, dass Herr Hösselbarth zu Hause durchaus laut werden konnte. Er erzählte, dass er einmal einen extrem heftigen Streit zwischen ihm und seiner Frau mitbekommen habe, bei dem er ihr praktisch ins Gesicht geschrien hätte, dass er sie problemlos rauswerfen könnte. Und dann hätte er gelacht und gesagt, dass er zu gerne sehen würde, wie sie sich alleine durchschlagen würde. „Wo willst du denn hin? Du, mit deiner lächerlichen Lehre in einem Obstladen. Du bist doch schon zum Kochen und Putzen zu blöd!", hatte er geschrien und Gudrun dann einfach stehen lassen.

„Hösselbarth war also ein notorischer Fremdgeher und fieser Tyrann!", schloss sie ihre kurze Zusammenfassung.

„Und du meinst", schlussfolgerte Henriette, " dass da irgendein Zusammenhang zu seinem Tod bestehen könnte?"

„Warum nicht? Liebe und Eifersucht ist seit ewigen Zeiten ein gutes Mordmotiv", gab Trudi, überzeugt das ultimative Mordmotiv gefunden zu haben, zurück.

„Das mag ja sein, aber erstens wissen wir noch immer nicht, ob es Mord war - "

„Du hast also noch nichts von Arne gehört?", unterbrach Trudi sie.

„Nein noch nicht", antwortete Henriette, bevor sie fortfuhr, „ und zweitens würde das bedeuten, dass Gudrun ihn umgebracht hätte."

„Oder es war eine von seinen Ex-Geliebten", warf Trudi ein.

„Okay, stimmt, auch das wäre eine Möglichkeit, wenn es denn wirklich um Eifersucht ging", stimmte Henriette ihr zu.

„Oder", führte Trudi ihre Gedanken noch weiter aus, „jemand fühlte sich von ihm beleidigt oder angegriffen. Wenn der alte Hösselbarth schon die arme Gudrun so angeschrien und beleidigt hat, wer weiß, wen er sonst noch angegriffen hat."

„Meinst du wirklich es gibt Menschen, die einen Mord begehen, nur weil man sie beleidigt hat?", warf Henriette ungläubig ein.

„Oh ja, das glaube ich", bestätigte Trudi. „Worte können mindestens genauso verletzend sein wie Fausthiebe."

„Da hast du natürlich recht."

Eine Zeitlang saßen beide schweigend nebeneinander und sahen in Henriettes blühenden Garten.

„Weißt du", nahm Trudi irgendwann das Gespräch wieder auf, „ die Vorstellung, dass das wirklich Mord war, macht mir richtig Angst. Ich hab mich hier in Kirchhausen immer sicher gefühlt und bis vor zwei Tagen hätte ich mir in meinen kühnsten Träumen nicht vorstellen können, dass einem hier mal etwas Schlimmeres passiert, als das dir jemand eine kleine Beule in dein parkendes Auto fährt und dann einfach abhaut."

„Spielst du jetzt etwas auf die Beule in Greta Schweigers Auto an?", fragte Henriette leicht belustigt. Der, wie Greta es gerne immer betonte: „Unerhört dreiste Fall von Fahrerflucht" geschah im letzten Sommer und war, dank Greta, wochenlang Stadtgespräch. Immer und überall gab die gute Greta zum Besten, dass sie an einem Dienstagmorgen zu ihrem Auto ging, um dann völlig entsetzt festzustellen, dass ihr, praktisch über Nacht, irgendjemand eine fiese Beule hinten rechts in ihr Auto gefahren hatte, ohne die Polizei zu rufen oder ihr wenigstens eine Nachricht hinter dem Scheibenwischer zu hinterlassen. Die pure Dreistigkeit!

Henriette war allerdings bis heute der festen Überzeugung, dass Greta sich die Beule selbst in ihr Auto gefahren und es nur nicht bemerkt hatte, denn ehrlich gesagt, die fitteste Fahrerin war Greta eher nicht mehr.

„Vielleicht", grinste Trudi. „Aber mal im Ernst. Macht dir das keine Sorgen?"

„Nein, eigentlich nicht. Weißt du Trudi, es gibt einen großen Vorteil bei Mord."

„Ach, und der wäre?"

„Mord geschieht meist aus sehr persönlichen Gründen. Ist das Opfer also ausgelöscht, ist es meist auch schon vorbei."

„Und was ist mit all den Serienmördern?", gab Trudi mit angstvoll aufgerissenen Augen zu bedenken.

„Also bitte Trudi, du glaubst jetzt aber nicht wirklich, dass der Tod vom alten Hösselbarth der Auftakt zu einer ganzen Mordserie war."

„Wer weiß", gab Trudi zurück. Wobei sie allerdings wenig überzeugt klang.

„Der Killer von Kirchhausen. Das wäre allerdings eine ganz andere Nummer als die Beule von Gretes Auto."

Nachdem Trudi gegangen war, wählte Henriette die Nummer ihres Neffen. Natürlich sah sie sich in erster Linie in der Pflicht, ihm Trudis Neuigkeiten schnellstmöglich mitzuteilen, aber sie wollte diesen Anruf auch dazu nutzen, endlich zu erfahren, wie genau der alte Hösselbarth nun wirklich gestorben war. Schließlich wären all die Spekulationen und Sorgen völlig überflüssig, wenn es doch nur ein einfacher Unfall gewesen wäre.

„Hallo Henriette", begrüßte Arne seine Tante, noch bevor diese sich gemeldet hatte.

„Wieso wusstest du, dass ich am Telefon bin?"

„Nummernerkennung. Und weil ich dich kenne. Du willst doch garantiert wissen, was bei den ganzen Untersuchungen herausgekommen ist. Vermutlich bringt dein detektivisches Erbe und die damit verbundene Neugier schon dein Gehirn zum Glühen."

„Ich muss doch sehr bitten. Ich bin weder übermäßig neugierig, noch habe ich ein detektivisches Erbe, was mich zum Glühen bringen könnte", gab Henriette entschieden zurück und überging die Anspielung auf ihre Uroma einfach.

„Willst du etwa behaupten, Uroma Käthe hätte nichts von den Genen ihres Erzeugers mitbekommen?", stichelte Arne weiter.

„Erstens für dich Ururoma. Und zweitens hatte ihre Mutter ja kein Techtelmechtel mit Sherlock Holmes, sondern wenn überhaupt, mit Sir Arthur Conan Doyle. Wenn es also danach geht, wäre ich wohl eher eine begnadete Schriftstellerin", gab Henriette zu bedenken.

„Ach, ich glaube, wer sich solche Geschichten ausdenkt, braucht auch das nötige detektivische Gespür dafür. Aber jetzt mal im Ernst, warum rufst du an?"

„Weil ich eventuell interessante Neuigkeiten für dich habe. Jedenfalls dann, wenn du mir jetzt sagen kannst, dass es kein Unfall war."

„Also gut: Es war kein Unfall", bestätigte Arne und dann erzählte er ihr in einer Kurzfassung, was er gestern alles erfahren hatte. „Also der Kai, das ist unser Pathologe, ist sich absolut sicher, dass Wolfgang Hösselbarth an der Herzverletzung gestorben ist. Die Spitze der Leuchtersäule hatte sich durch sein Herz gebohrt. Allerdings hätten ihn die Kopfverletzungen, die der einschlagende Leuchter bei ihm hinterlassen hatte, ansonsten ziemlich sicher auch ins Jenseits katapultiert.

„Mein Gott Arne, das klingt ja schrecklich." Henriette klang komplett entsetzt. „Wie konnte das nur passieren?"

„Die Experten aus dem Labor haben Spuren von Schwarzpulver an dem Seil gefunden. So wie es aussieht, wurde eine ganze Ladung davon mittels eines Stoffschlauches einmal um das Seil gewickelt, dort mit Gaffer Tape festgeklebt und später einfach angezündet. Und ich muss dir sicher nicht erklären, was passiert, wenn man ein Seil einmal rundum in Brand setzt, beziehungsweise explodieren lässt."

„Nein, musst du nicht. Aber wie hat es jemand geschafft, das Ganze unbemerkt anzuzünden. Auf der Bühne war doch immer was los. Das hätte doch jemand bemerkt, wenn da einer in den Traversen herum geklettert wäre."

„Da musste niemand herum klettern, Tante Henriette. Das Ganze wurde per Fernzünder gezündet."

„Per Fernzünder?", fragte Henriette etwas irritiert.

„Ja, das heißt derjenige, der das Seil angezündet hat, konnte sich problemlos hinter, neben oder vor der Bühne aufhalten."

„Du meine Güte, das heißt so gut wie jeder auf dem Fest hätte das tun können?"

„Naja, zum Glück stimmt das nicht ganz. So ein Fernzünder funktioniert nicht unbegrenzt. Also der Täter oder die Täterin musste sich schon wenigstens in der Nähe der Bühne aufhalten." „Wirklich eingrenzen tut das das Ganze aber auch nicht", gab Henriette zu bedenken.

„Nein", stimmte Arne ihr zu, „leider nicht, zumal wir den Zünder bisher noch nicht gefunden haben. Im Moment durchsuchen die Kollegen alles an, auf, unter und neben der Bühne, um heraus zu bekommen, von wo aus der Empfänger gezündet wurde. Aber wenn der Täter die Zündung einfach mitgenommen hat, kann sie überall entsorgt worden sein", Arne seufzte. „Und was hast du nun für sensationelle Neuigkeiten für mich?"

Nun war es an Henriette, ihrem Neffen von ihrem Treffen mit Trudi und deren Informationen aus dem Seniorenstift zu berichten.

Nachdem sie ihre Berichterstattung beendet hatte, atmete Arne tief aus, schwieg dann eine Weile und kam schließlich zu dem Schluss, dass er am nächsten Tag erneut zu seiner Tante fahren würde.

Kapitel 8

Henriette begann den nächsten Tag mit einem Spaziergang zum Marktplatz. Sie hatte ihren Weidenkorb dabei und wollte noch ein paar Kleinigkeiten besorgen, bevor später ihr Neffe vorbeischauen würde. Ihre erste Anlaufstelle war der kleine Kiosk. „Die Knobel-Box" war gestern erschienen. Ihr absolutes Lieblingsrätselheft. Das gönnte sie sich jeden Monat. Henriette fand es unglaublich entspannend, sich durch die verschiedensten Rätsel zu arbeiten. Außerdem war so ein Training für die grauen Zellen immer gut. Danach ging sie zum „Bauernfreund", das war im Grunde ein Hofladen für alle Bauern der Umgebung. Hier konnten die Bauern ihre Produkte täglich anbieten und waren so nicht mehr nur auf die Markttage festgelegt. Henriette liebte diesen Laden. Nicht nur, weil sie hier alles frisch und regional bekam, sondern auch, weil es immer wieder etwas Neues zu entdecken gab. Seit einiger Zeit gab es zum Beispiel verschiedene Senfe aus einer kleinen Senfmühle in der Region und der Aprikosen-Curry-Senf, den Henriette letzte Woche gekauft hatte, hatte Arne so gut geschmeckt, dass sie ihm heute ein Glas davon besorgen wollte. Außerdem brauchte sie ein paar Äpfel, etwas Käse und neuen Hagebuttentee.

Den gab es hier nämlich noch lose. Und vielleicht fand ja auch noch ein Fläschchen von dem leckeren Granatapfellikör den Weg in ihren Korb.

Als Letztes ging sie noch zum „Elektroladen" von Bernd, um ein paar Batterien zu kaufen. Natürlich würde sie die auch im Supermarkt bekommen und dort vermutlich sogar billiger, aber sie wollte unbedingt mit Bernd reden. Sie wollte wissen, wer die Bühnentechnik aufgebaut hatte und wer sich sonst noch auf der Bühne aufgehalten hatte.

Das kleine Glöckchen über der Eingangstür, dass das Eintreten eines Kunden verkündete, bimmelte munter vor sich hin, als Henriette Bernds Laden betrat, und sogleich tauchten erst der Kopf und dann der ganze Bernd hinter einem Regal mit diversen elektronischen Kleingeräten auf.

„Henriette. Schön dich zu sehen. Was kann ich für dich tun?"

„Hallo Bernd. Zuerst einmal brauche ich Batterien für meinen Wecker."

„Sind da doppel- oder triple A drin?", fragte Bernd und ging zielstrebig ein Regal weiter, um sogleich die gewünschten Batterien holen zu können.

„Vier Stück von den ganz kleinen", erklärte Henriette Bernd, der wissend nickte und mit einer Packung der gewünschten Batterien zu Henriette trat.

„Brauchst du sonst noch etwas?", fragte Bernd und lächelt dabei freundlich.

„Nein, brauchen tue ich nichts weiter, aber eine Frage hätte ich noch", setzte Henriette zum entscheidenden Teil an.

„Was willst du denn wissen?"

„Kennst du dich mit Fernzündern aus?".

„Fernzünder?", Bernd klang irritiert.

„Ja, Fernzünder. Die Sache ist die: Ich habe überlegt, meinem Großneffen Max so eine Rakete zu schenken. Er wird 10 und so eine Rakete muss man erst alleine zusammenbauen und dann kann man sie von so einer kleinen Rampe starten lassen, also so in die Luft schießen wie bei einem echten Raketenstart eben", Henriette grinste, „Normalerweise zündet man die dann an wie einen Silvesterböller, aber mir wäre schon wohler, wenn der kleine Max das aus sicherer Entfernung anzünden könnte. Und deswegen habe ich mich im Internet umgesehen und von Fernzündern gelesen, aber ehrlich gesagt, verstanden habe ich das alles nicht wirklich. Also dachte ich, dass du mir da vielleicht helfen kannst? Schließlich hat das doch irgendwie mit Elektronik zu tun, oder?"

„Da hast du natürlich recht. Um es mal ganz einfach zu machen, du brauchst einen Empfänger und einen Sender. Der Empfänger wird an der Rakete, also genau gesagt an der Zündung der Rakete, angebracht und mit dem Sender löst du, beziehungsweise Max, die Zündung dann aus. Wenn Max also auf den Knopf des Senders drückt, schickt er einen Funkimpuls an den Empfänger, dadurch wird beim Empfänger ein Kurzschluss verursacht, der lässt einen Zünddraht glühen und mittels der dadurch entstehenden Hitze wird die eigentliche Lunte der Rakete angezündet. Funktioniert also im Grunde wie beim Auto, da drückst du ja auch nur noch einen Knopf am Schlüssel und die Türen gehen auf", schloss Bernd seine kurze Erklärung.

„Und wie weit weg könnte Max dann stehen?"

„Naja", Bernd fuhr sich nachdenklich durch seine Haare, „ich denke 60 bis 100 Meter schafft so eine Anlage sicher."

„Oh, ich denke, das sollte genügen", gab Henriette merklich beeindruckt zu. „Und hättest du so etwas da?", fragte sie nun vorsichtig.

„Nein, tut mir leid. Aber ich könnte das natürlich problemlos für dich bestellen. Dann müsstest du dich nicht extra durch die ganzen Angebote im Internet kämpfen", er grinste. „Und keine Sorge: Natürlich würde ich dir nicht das Teuerste aufschwatzen", fügte Bernd schnell hinzu und sah Henriette dabei ernst an.

„Also ehrlich Bernd. Denkst du wirklich, ich würde glauben, dass du mir etwas überteuert anbieten würdest?", fragte Henriette bestürzt.

„Eigentlich nicht. Aber es gibt ja selbst dort schwarze Schafe, wo man denkt: Mensch, von dem hätte ich das nie geglaubt", murmelte Bernd und wirkte dabei leicht verlegen.

„Das klingt jetzt irgendwie so, als hättest du da jemanden Bestimmten im Sinn", hakte Henriette interessiert nach.

„Hm ...", brummte Bernd, wischte sich nervös durch sein Gesicht und fing dann doch an zu erzählen. „Ich sollte das vermutlich nicht sagen, gerade jetzt, wo die Sache mit dem alten Hösselbarth passiert ist, aber als ich vor zwei Wochen bei der neuen Bühne war", er stockte kurz, bevor er fortfuhr, „weißt du, ich war einfach neugierig und wollte mal sehen, wie weit da alles schon ist und wie das dann so aussehen würde. Na jedenfalls waren da gerade Arbeiter dabei, noch ein paar letzte Dinge fertig zu machen. Ich glaube, die waren wegen dem Boden da, oder so, aber ist ja eigentlich auch egal, auf jeden Fall haben die sich darüber unterhalten, dass der junge Hösselbarth bis dahin noch nicht gezahlt hätte, obwohl das eigentlich anders vereinbart gewesen sei. Anscheinend hätten zwei Drittel der Rechnung schon vor Wochen beglichen werden sollen, aber der Wolfgang hätte sie wohl immer und immer wieder vertröstet. Und ich kann dir sagen, die waren echt sauer. Und da hab ich mir nur gedacht: Holla, wer hätte je damit gerechnet, dass ein Hösselbarth seine Rechnungen nicht bezahlt. Ich meine mal ehrlich Henriette, hättest du je geglaubt, dass die Hösselbarths nicht zahlen?", Bernd war nun regelrecht aufgebracht. „Das würde man doch niemals denken!", schloss er seine Geschichte und klang dabei beinahe enttäuscht.

„Da hast du allerdings recht", gab Henriette zu. Diese kleine Information ließ ihre Gedanken rotieren. Konnte da ein völlig neues Mordmotiv aufgetaucht sein? Aber wieso sollte man den alten Hösselbarth töten, wenn doch seit Jahren schon der junge Hösselbarth die Firma leitete und er anscheinend auch für die Begleichung von anfallenden Rechnungen, die mit dem Bau der Bühne zu tun hatten, zuständig war. Sollte am Ende gar nicht der alte Wolfgang sterben, sondern der junge? Aber das konnte doch nicht sein. Es wusste doch ganz sicher jeder, der sich mit der Aufführung beschäftigt hat, dass Hösselbarth Senior in dem Sessel sitzen würde. Sie musste unbedingt mit Arne über diese Neuigkeiten reden. Doch bevor sie nach Hause gehen konnte, wollte sie noch eine letzte Sache in Erfahrung bringen.

„Sag mal", setzte Henriette an und versuchte dabei möglichst beiläufig zu klingen, „wer hat eigentlich die Technik, die Dekoration und den ganzen Rest für die Bühneneröffnung aufgebaut und betreut?"

„Wieso fragst du? Planst du eine größere Feier und brauchst dafür professionelle Hilfe?" Bernd zog die Augenbrauen hoch und sah Henriette skeptisch fragend an.

Oh, dachte Henriette, jetzt ist Fingerspitzengefühl gefragt. Schließlich sollte Bernd nicht glauben, dass sie ihn wegen des Mordes ausfragen wollte. Auch wenn das natürlich ihr Anliegen war. Merken sollte er es eigentlich nicht. Andererseits war genau diese

Taktik vielleicht die unauffälligste: Die alte, allein-stehende, neugierige Witwe. Wer würde da außer reiner Neugier und dem eisernen Willen möglichst brisantes beim nächsten Kaffee-Klatsch verbreiten zu können, schon mehr hinter vermuten. Und so ent-schied sich Henriette in die Rolle der tratschigen Alten zu schlüpfen.

„Nein, natürlich plane ich keine große Party", sie lachte leicht gekünstelt. „Ich hab halt nur so gedacht, dass der Kronleuchter ja vielleicht nicht rein zufällig genau auf den Hösselbarth gefallen sein könnte und dass da ja vielleicht auch wer nachgeholfen haben könnte?", das Ende des Satzes zog sie leicht in die Länge und senkte außerdem ihre Stimme, als würde sie etwas Verbotenes fragen.

„Himmel Henriette, so etwas kannst du doch nicht wirklich glauben!", Bernd war sichtlich erschüttert.

„Ich dachte ja auch nur ..."

„Ne also wirklich Henriette. Niemand von der Theatergruppe hätte doch einen Grund gehabt, dem Hösselbarth was Böses zu wünschen. Immerhin hat er doch die Gruppe ins Leben gerufen und die Bühne gebaut."

„Ich meine ja auch gar nicht wirklich eure Thea-tergruppe, aber da werden doch sicherlich auch Leu-te gewesen sein, die eben für die Technik und das ganze andere Zeug zuständig waren", gab Henriette zu bedenken.

„Eigentlich nicht", sagte Bernd, schien aber den-noch noch einmal kurz nachzudenken. „Wir haben das alles alleine gemacht. Weißt du, unsere Gruppe besteht ja nicht nur aus denen, die auch als Darsteller auf der Bühne stehen. Wir haben da alle möglichen Leute dabei. Die Susi zum Beispiel, die nette Blonde aus der Apotheke", ergänzte Bernd und bekam dabei einen leicht glasigen Blick, „näht unsere Kostüme, hat aber von Anfang an klargestellt, dass sie niemals auf die Bühne ins Rampenlicht will. Der Einzige, der kein festes Mitglied der Gruppe ist, uns aber immer wieder mal geholfen hat, ist der Uwe, mein Mitarbeiter. Und natürlich die ganzen Hösselbarths. Die waren selbstverständlich auch oft da. Der Wolfgang, also der jüngere, hat ja seine eigenen Auftritte üben müssen und da sind die Jenny und die Kinder natürlich auch häufig mitgekommen. Die Gudrun war auch ein paar Mal dabei, wenn der alte Hösselbarth nach dem Rechten gesehen hat und sogar der Erik war sicherlich ein- ‚zweimal da. Aber ansonsten wüsste ich niemanden."

Henriette nickte.

„Jedenfalls ist mir keiner besonders aufgefallen", fügte er nach einer kurzen Pause zögernd hinzu.

Kaum hatte Henriette ihre Einkäufe zu Hause verstaut, griff sie auch schon zum Telefon, um Arne auf den neusten Stand zu bringen.

„Henni, Henni, du entwickelst dich wirklich noch zu meiner Mrs. Watson", lachte Arne, nachdem Henriette ihm von ihrem Besuch im Elektroladen berichtet hatte.

„Mrs. Watson?", fragte Henriette irritiert.

„Naja, du bist mein schlauer Gehilfe."

„So so, und du bist demnach Sherlock? Der geniale, überdrehte, drogensüchtige Superdetektiv?".

„Naja, vielleicht nicht ganz so genial, nicht ganz so überdreht und vor allem auf keinen Fall drogensüchtig", betonte Arne schnell. „Aber wie dem auch sei, ich finde es natürlich sehr nett von dir, dass du deine Augen und Ohren für mich aufhältst, aber sei bitte vorsichtig. Wir wissen weder, warum man Hösselbarth getötet hat, noch wer etwas damit zu tun haben könnte."

„Du glaubst doch nicht wirklich, dass mir etwas passieren könnte?"

„Solange ich nicht weiß, was da warum geschehen ist, glaube ich alles und nichts", seufzte Arne.

„Wie du meinst. Sollen wir dann nachher bei der Firma Schramm vorbeifahren? Das ist die Firma, die laut Bernd noch Rechnungen bei Wolfgang Hösselbarth offen hat."

„Wir?", Arne klang belustigt.

„Natürlich *wir*. Immerhin bin ich deine Mrs. Watson", gab Henriette mit gespieltem Ernst zurück.

„Also gut, von mir aus. Ich bin in einer Stunde bei dir."

Als sie etwas später in den Hof der Firma Schramm fuhren, werkelte dort ein großer, grobschlächtiger, blonder Mann an einer alten, schweren

Holztruhe. Neugierig blickte er von seiner Arbeit auf und musterte die Besucher.

„Sind Sie Philip Schramm", eröffnete Arne das Gespräch freundlich.

„Jep, der bin ich. Und Sie sind?", fragte der Blonde, während er sich beiläufig die dreckigen Hände an seiner Hose abwischte.

„Mein Name ist Arne Voß, ich bin von der Polizei in Neustadt und das ist meine", Arne stockte kurz, räusperte sich und sprach dann weiter, „also das ist Frau Weber, meine", er stockte erneut, grinste dann leicht, bevor er fortfuhr, „meine Gehilfin."

„So so, Gehilfin", Philip Schramm zog ungläubig die Augenbrauen hoch und sein Blick sagte mehr als deutlich, dass er Arne kein Wort glaubte. „Dann gibt es da doch sicherlich einen Ausweis, den Sie mir zeigen können?".

„Ja sicher", Arne griff in seine Hosentasche, zog einen eingeschweißten Ausweis hervor und hielt ihn Schramm vors Gesicht. Der beäugte das Stück Papier sehr genau, dann gab er einen Grunz ähnlichen Laut von sich und nickte. „Und was kann ich für Sie tun?", fragte er anschließend schon deutlich freundlicher.

„Wir hätten nur ein paar Fragen zu Ihrem Auftrag für die Firma Hösselbarth. Sie arbeiten doch gerade für sie, oder?".

„Das stimmt wohl. Wir sind, nein, wir waren, schließlich ist ja mittlerweile alles tipptopp fertig", er grinste schief und wirkte beinahe stolz, „am Aufbau der neuen Bühne an dem Weiher in Kirchhausen beteiligt. Wieso interessiert Sie das? Gibt es irgendein Problem mit unserer Arbeit?"

„Nicht direkt. Mit der Bühne ist alles in Ordnung. Aber Hösselbarth Senior hat den Abend der Eröffnung leider nicht überlebt."

„Der alte Hösselbarth ist tot?". Schramm wirkte entsetzt und bestürzt. „Aber warum … wie?"

„Er wurde von einem Kronleuchter erschlagen."

„Von einem Kronleuchter?", noch immer wirkte Schramm bestürzt, aber gleichzeitig auch fast ein wenig erleichtert. „Also mit dem ganzen Licht-Zeug und so, da hatten wir nichts mit zu tun. Wir haben den Boden verlegt und noch einige Rahmen gebaut, in die die Theater Leute dann noch irgendwelche Bilder spannen wollten, so Kulissenzeug schätze ich."

„Wirklich Ahnung vom Theater hat der gute Mann offensichtlich nicht", dachte Henriette, während Arne ihn gerade fragte, ob es denn aber richtig sei, dass die Hösselbarths bisher nicht bezahlt hätten.

„Das ist allerdings leider richtig", bestätigte Schramm und wirkte auf ein Mal gar nicht mehr so bestürzt, sondern eher äußerst säuerlich. „Eigentlich hätten wir bereits vor Wochen einen Großteil des Geldes bekommen sollen, aber der Hösselbarth hat uns immer wieder vertröstet. Das Geld sei so gut wie angewiesen, das müsse jetzt jeden Tag auf meinem Konto sein … bla … bla … bla. Aber was soll das denn mit dem Toten zu tun haben?", Schramm wirkte ziemlich irritiert.

„Och, Geld ist immer ein gutes Motiv", warf Arne nun, gespannt auf Schramms Reaktion, in den Raum.

„Ein Motiv? Was soll das denn heißen? Wollen Sie mir etwa gerade sagen, dass das mit dem Kronleuchter kein Unfall war? Der Hösselbarth ist ermordet worden?", nun sprach blankes Entsetzen aus Schramms Gesicht.

„Also wenn der was mit dem Tod zu tun hat, ist er ein sehr, sehr guter Schauspieler", dachte Henriette, die den Wortwechsel weiterhin schweigend beobachtete.

„So sieht es derzeit leider aus", bestätigte Arne ihm.

„Ach du Scheiße. T´schuldigung. Ich meine, das ist ja furchtbar. Aber wie kommen Sie denn bloß darauf, dass ich etwas damit zu tun haben könnte? Ja, sicher, ich hab da neulich beim Stammtisch vielleicht etwas auf den Tisch gehauen, aber das war doch nur so daher gesagt", Schramm geriet nun völlig aus der Fassung.

„Herr Schramm, jetzt bleiben Sie doch bitte ganz ruhig. Wir sind doch nur hier, um ein paar Fragen zu stellen. Was war denn da genau beim Stammtisch?", fragte Arne nun nach und hoffte dabei inständig, dass Herr Schramm nicht gleich kollabierte.

„Also das war so", begann Schramm und atmete tief durch, bevor er weiter erzählte. „Jeden zweiten

Freitag ist hier Stammtisch bei der Elli, also in „Ellis Eckchen", das ist die kleine Kneipe hinter dem Rathaus. Außer mir sind da noch der Peter, der ist der Vorsitzende des Angelvereins, der Johann, der ist Maler und seine Frau führt einen kleinen Baumarkt, wobei Baumarkt echt übertrieben ist, also da kann man halt Pinsel und Farben ..."

„Schön schön Herr Schramm", unterbrach Arne den Redeschwall seines Gegenüber. „So genau muss ich das gar nicht wissen. Mich interessiert nur, was sie vorhin mit *auf den Tisch hauen* gemeint haben."

„Ja sicher. Verstehe. Ich hab mir halt ein wenig Luft machen wollen. Hab den anderen erzählt, dass ich noch immer kein Geld vom Hösselbarth gesehen hätte und dann hab ich halt gesagt, dass der bloß nicht glauben solle, dass ich nicht wüsste, wie ich an mein Geld kommen würde."

„Und wie wollten Sie notfalls an ihr Geld kommen?", hakte Arne nach.

„Keine Ahnung. Ich hab das doch bloß so gesagt", gab Schramm ziemlich kleinlaut zu.

„So so, nur so gesagt."

„Ja, nur so. Aber abgesehen davon, was sollte es mir bringen, den alten Hösselbarth zu töten. Die Firma führt doch schon lange der Junior. Der schuldet mir das Geld."

„Da haben Sie natürlich recht", stimmte Arne ihm zu und auch Henriette nickte.

„Wissen Sie, ob die Firma Hösselbarth auch noch anderen Firmen Geld schuldet?", mischte sich nun erstmals Henriette in das Gespräch ein.

Schramm überlegte kurz, schüttelte dann langsam den Kopf. Für Henriette war die Frage bereits abgehakt, als aus Schramm plötzlich ein leises: „Obwohl, vielleicht doch" kam. „Die Frau vom Johann, die hat ja wie gesagt den kleinen Baumarkt hier", fuhr er fort, „und die hat den Theaterleuten wohl die ganzen Farben und auch einiges an Pinseln und so geliefert. Für die Kulissen, sie verstehen? Ich hab denen vom Theater die Luise empfohlen. Was im Dorf bleibt, bleibt im Dorf und ..."

„Und zudem ist Luises Mann ja auch noch ein Stammtisch Kumpel", warf Henriette ein.

„Genau", Schramm grinste. „Ich sehe Sie verstehen, was ich meine."

„Um mal zum Thema zurückzukommen", mischte Arne sich in das, in seinen Augen, sinnlose Geplänkel ein. „Was ist nun mit dieser Luise und dem Geld?"

„Ich bin mir ehrlich gesagt nicht ganz sicher, aber ich meine mich zu erinnern, dass der Johann, nachdem ich mich wegen der offenen Rechnungen beim Stammtisch-Treffen beschwert habe, gesagt hat, dass die Theaterleute die Farben von der Luise auch noch nicht komplett bezahlt hätten."

„Ach, das ist ja interessant", stellte Arne fest und an Henriette gewandt, fügte er hinzu: „Wir sollten dann wohl kurz noch bei Luise vorbeischauen und klären, ob und wenn ja, wie viel Außenstände die Theatergruppe da noch hat."

„Das sehe ich ganz genauso", stimmte Henriette ihrem Neffen zu.

Die beiden bedanken sich bei Philip Schramm für seine Hilfe, verabschiedeten sich und machten sich auf den Weg zum örtlichen Baumarkt, der im Industriegebiet des Örtchens am Ende einer Sackgasse lag.

Ein kurzes Gespräch mit der Inhaberin, Luise Frisch, machte schnell klar, dass die Theatergruppe zwar die erste, wie Luise betonte, kleine Bestellung, die im Grunde nur aus einigen Farb- und Stoffproben, kleinen Pinseln und Tapetenmustern bestand, gleich bar bezahlt hatte. Die eigentliche und weitaus größere Lieferung hingegen wollten sie per Rechnung begleichen, dies sei jedoch bis heute nicht geschehen.

„Was hältst du von der ganzen Sache?", fragte Arne seine Tante, als sie mit dem Auto auf dem Weg zu Wolfgang Hösselbarth waren, um ihn wegen der offenen Rechnungen zu befragen.

„Mir fehlt ehrlich gesagt der Zusammenhang. Die Firma Hösselbarth, geleitet von Hösselbarth Junior, schuldet einigen Leuten Geld und Hösselbarth Senior wird aufgespießt und erschlagen. Warum? Als Drohung? *Sieh her, ich kann problemlos deinen Vater ermorden, das könnte auch dir oder anderen aus deiner Familie passieren?* So etwas erwartet man vielleicht von der Mafia, aber doch nicht hier bei uns in Kirchhausen", schloss Henriette ihre Gedanken.

„Das sehe ich ähnlich. Natürlich ist Geld immer ein gutes Motiv, aber hier … nein, es passt einfach nicht", raunte Arne nachdenklich und versank anschließend bis nach Kirchhausen in tiefes Schweigen. Kurz bevor sie die Firma Hösselbarth erreicht hatten, fragte Henriette: „Findest du es nicht auch seltsam, dass der alte Hösselbarth in Kirchhausen und beim Stadtrat auf Spendierer und Gönner macht und dann aber die komplette Finanzierung *seines* Seelenprojekts auf die Firma des Sohnes abwälzt? Als er das Projekt vorgestellt hat, klang es jedenfalls so, als würde das alles aus seiner Tasche finanziert werden."

„Merkwürdig ist das schon. Ich hoffe, wir werden auch zu dieser Frage gleich eine Antwort bekommen."

Arne wurde langsamer und steuerte den Wagen in die Einfahrt der Baufirma Hösselbarth.

Kapitel 9

Wolfgang Hösselbarth empfing die beidem freundlich und schien nicht im Geringsten überrascht.

„Ich habe mir schon gedacht, dass Sie noch einmal bei uns vorbeischauen, Herr Voß. Jenny war heute Morgen einkaufen und anschließend hat sie mir von den unglaublichen Gerüchten, die über den Tod meines Vaters im Ort die Runde machen, erzählt. Sie sagte, vom wirklich tragischem Unfall, über Familienstreitigkeiten, bis hin zu Verstrickungen in irgendwelche mafiaähnlichen Baugeschäfte, sei alles dabei gewesen", er schüttelte ungläubig den Kopf. „Können Sie mir sagen, in welche Richtung es tatsächlich geht?".

„Nun Herr Hösselbarth, ich kann im Moment nur den tragischen Unfall ausschließen", begann Arne und berichtete dann kurz von den Laborergebnissen. Dabei ruhte sein Blick die ganze Zeit auf Hösselbarth. Der blieb erstaunlich gelassen. Die Tatsache, dass sein Vater augenscheinlich mit Absicht ins Jenseits befördert wurde, schien ihn nur wenig zu überraschen. „Die Ergebnisse meiner Kollegen aus dem Labor scheinen sie nicht zu verwundern?"

„Ehrlich gesagt stimmt das. Für meinen Geschmack wären das einfach zu viele Zufälle gewesen, um ein einfacher Unfall zu sein. Ein Kronleuchter hängt genau über dem Sessel von meinem Vater und fällt, genau in dem Moment, als es auf der Bühne einen lauten Knall gibt, so, dass mein Vater förmlich aufgespießt wird. Ich bin Realist. Die Wahrscheinlichkeit, dass da jemand nachgeholfen hat, lag doch recht nahe. Wenn ich Sie richtig verstanden habe, wurde das Seil, an dem der Leuchter befestigt war, also quasi gesprengt?"

„So sieht es jedenfalls aus, ja."

„Das klingt ziemlich kompliziert."

„Das mag so klingen, ist im Grunde aber recht einfach. Vorausgesetzt, man hatte ein wenig Zeit, sich ungestört an dem Aufbau von Bühne und Technik zu schaffen zu machen."

„Aber dann könnte es ja wirklich jeder gewesen sein", gab Wolfgang Junior zu bedenken. „Die Bühne ist doch immer offen. Es gibt keinen Zaun oder ähnliches, der die Bühne schützen würde. Und sogar die Requisiten waren nur in einem einfachen Schrank verstaut. Nur die wirklich teuren technischen Sachen waren sicher im Technik- und Regiehäuschen weggeschlossen."

„Da haben Sie leider recht", gab Arne ungern zu. „Aber ich bin mir sicher, dass wir früher oder später wissen werden, wer Ihrem Vater das angetan hat. Das herauszufinden ist ja schließlich mein Job." Arne lächelte schief und Henriette sah ihm an, dass in diesen Worten eine menge Hoffnung mitschwang. Wolfgang Junior hatte den Nagel faktisch auf den Kopf getroffen. So gut wie jeder hatte die Gelegenheit, das Seil zu manipulieren. Keine ideale Ausgangslage für Arne.

„Herr Hösselbarth, wir sind nicht nur hier, um Ihnen die Laborergebnisse mitzuteilen, sondern wir hätten auch noch ein paar Fragen", leitete Arne den eigentlichen Grund ihres Besuches ein.

„Na dann fragen Sie mal", Hösselbarth Junior schien weder nervös, noch erstaunt.

„Als Erstes wüsste ich gerne, warum Sie die meisten Rechnungen, die im Zusammenhang mit dem Bau der Bühne stehen, noch nicht beglichen haben."

Jetzt sah Hösselbarth Junior doch etwas irritiert aus.

„Wie kommen Sie denn darauf?"

„Wir haben sowohl mit Herrn Schramm, als auch mit Frau Frisch gesprochen und beide haben uns bestätigt, dass sie noch Geld von Ihnen bekommen. Geld, das längst hätte bezahlt werden sollen."

„Ach so, das. Das ist doch gar nichts."

„Das sehen die beiden aber ganz anders", warf Arne ein.

„Ich meine ja auch nur, dass so ein Verzögern eine ganz normale Sache in der Geschäftswelt ist. Und dabei sind die Deutschen noch recht harmlos. In anderen Ländern wartet man meist noch viel länger auf sein Geld."

Wolfgang Hösselbarth versuchte gelassen zu wirken, doch Henriette sah, dass er keineswegs so ruhig war, wie er vorgab. Die Frage nach den offenen Rechnungen war ihm sichtbar unangenehm.

Arne ließ das Thema zunächst auf sich beruhen. Er würde später sicher noch mit Henriette darüber reden. „Nun gut. Und dann würde mich noch interessieren, warum die Rechnungen an die Firma Hösselbarth, also an Sie, gehen. Das Projekt Freilicht-Bühne war doch die Idee Ihres Vaters. Oder nicht? Soweit ich informiert bin, dachten eigentlich alle hier im Ort, dass der Bau ein privates Projekt sei."

„War es auch", stimmte Wolfgang ihm zu.

„Aber warum gehen die Rechnungen dann an Sie?" Arne runzelte die Stirn. Henriette sah ihm an, dass er dieses Vorgehen nicht verstand, aber anscheinend für wichtig hielt.

„Das ist so eine interne Vereinbarung. Mein Vater hat sich immer nur ein einfaches Gehalt gezahlt, als er noch Firmeninhaber war. Das meiste Geld blieb immer in der Firma. Und so blieb das auch, nachdem ich die Firma übernommen habe. Mein Vater lebte sicherlich nicht schlecht, aber wenn er es gewollt hätte, hätte er sich und meiner Mutter Einiges mehr zukommen lassen können. Größere Anschaffungen wurden, wann immer es möglich und rechtlich erlaubt war", er lächelte," über die Firma getätigt. Mein Vater fährt", Wolfgang stoppte, räusperte sich verlegen, bevor er weiter sprach. „Also er *fuhr* auch noch die ganze Zeit einen Firmenwagen."

Arne nickte.

„Und so war es für meinen Vater keine Frage, dass *seine* Bühne von der Firma Hösselbarth finanziert wird und nicht von ihm privat."

„Und wie ist das für Sie? Ich meine, wenn das meine Firma wäre, fände ich es sicher nicht so toll, wenn mein Vater nach Außen den Gönner gibt, im Grunde aber alles über meine Firma, also über mich bezahlt werden würde."

Henriette, die die Unterhaltung schweigend beobachtete, bemerkte erneut, dass Arne sich mit seinen Fragen auf einem Terrain befand, das Hösselbarth Junior unangenehm war. Er sah Arne zwar ruhig ins Gesicht, doch an seinen Händen zeigte sich seine Nervosität. Immer wieder wischte er sie sich an der Hose ab und seine Finger waren in ständiger Bewegung.

„Wie gesagt, es war nie ein Thema, wer die Kosten für dieses Projekt übernehmen würde."

Nachdem sie sich von Wolfgang Hösselbarth verabschiedet hatten, gingen sie direkt zum Wohnhaus der Familie weiter. Dort wollten sie sich noch einmal mit Gudrun unterhalten. Henriette war gespannt, wie Gudrun reagieren würde, wenn sie ihr auf den Kopf zusagen würden, dass sie nach ihrem Erdbeertiramisu nicht direkt zu ihrem Sitzplatz zurückgekehrt war und auch die Geschichten aus dem Seniorenstift würden sicher zur Sprache kommen.

Gudrun schien ein wenig überrascht, als sie Henriette und Arne die Tür öffnete, dennoch bat sie die beiden freundlich hinein.

„Herr Voß, was kann ich für Sie tun?"

„Ich bin hier, um Ihnen mitzuteilen, dass die Ergebnisse aus dem Labor ergeben haben, dass der Tod Ihres Mannes absichtlich herbei geführt worden ist."

„Absichtlich? Sind Sie sicher?", Gudrun klang bestürzt.

„Ja. Die Ergebnisse sind eindeutig. Der Kronleuchter ist nicht zufällig abgestürzt, sondern das Seil, an dem er befestigt war, wurde manipuliert."

„Aber wie? Und wieso?" Gudrun schüttelte verständnislos den Kopf und ließ sich seufzend in einen der Sessel nieder. Sie wirkte auf einen Schlag müde und klein. Die Fassade der Frau, die immer alles geregelt bekam und dabei immer perfekt gekleidet war, bröckelte gerade gewaltig. Anscheinend gab es auch für eine Gudrun Hösselbarth den Punkt, an dem es zu viel wurde. Arne setzte sich zu ihr und gab Gudrun einen kurzen Überblick über die bisher bekannten Fakten. Als er mit seinem Bericht fertig war, kam es zu einem bedrückenden Schweigen, das Henriette nach einigen quälenden Sekunden mit einem leisen Räuspern unterbrach.

„Ähm, Gudrun?"

„Hm?"

„Ich weiß, das ist jetzt alles sicher nicht einfach für dich, aber wir müssten dir leider auch noch ein paar Fragen stellen." Henriette blickte Gudrun direkt ins Gesicht und konfrontierte sie ohne Rücksicht mit dem Wissen, dass Gudrun offensichtlich nicht zur Bühne gegangen war, nachdem sie bei Trudi das Tiramisu gegessen hatte.

„Du bist in die andere Richtung verschwunden."

„Nein, ich ..."

„Tu das bitte nicht, Gudrun", unterbrach Henriette ihre Freundin. „Trudi hat dich in Richtung Straße gehen sehen und ich habe dich später, nachdem dein Mann bereits erschlagen wurde, auch aus dieser Richtung kommen sehen."

„Also gut, also gut. Du hast ja recht. Ich war nicht bei der Theateraufführung. Wolfgangs Faible für die Kunst, vor allem für Kleinkunst und Laienaufführungen, hat mich in den Wahnsinn getrieben. Ich meine ehrlich, hast du den Hund gesehen, der angeblich „Im Frühtau zu Berge" jaulen konnte?"

Henriette nickte und bei dem Gedanken an diese Darbietung verzog sich ihr Gesicht zu einer gequälten Grimasse.

„Ich konnte mir das einfach nicht weiter antun. Also bin ich nach dem Erdbeertiramisu nicht zur Theateraufführung gegangen, sondern hab mich in das Bushäuschen an der Bahnhofstraße gesetzt, eine geraucht und mir einen Piccolo gegönnt. Ich wollte einfach raus aus dem ganzen Trubel."

„Das kann ich irgendwie verstehen", gab Henriette zu und auch Arne, der nun, da Henriette das Reden übernommen hatte, dem Gespräch aufmerksam,

aber schweigend lauschte, konnte das sehr gut nach-
vollziehen. Auch er hatte den jaulenden Hund gehört. Und wenn er sich vorstellen sollte, dass Gudrun
solche Darbietungen im Laufe der Planungen und
Proben sicher in allen möglichen und unmöglichen
Variationen gesehen hatte, wurde ihm beinahe übel.

„Als dann die ersten Schreie zu hören waren, habe
ich mich gewundert, und als kurze Zeit später die
ersten Menschen hektisch und aufgeregt umherge-
laufen sind, bin ich zur Bühne zurückgegangen.
Nachdem ich mich dann zur Bühne durchgekämpft
hatte, hat mich Dr. Winter in Empfang genommen.
Vermutlich wollte er verhindern, dass ich Wolfgang
so sehe. Aber ich habe mich natürlich nicht aufhalten lassen. Tja und dann hab ich ihn halt da liegen
sehen, in all dem Blut, zusammengesackt, in dem
blöden Plüschsessel. Ich wusste in dem Moment
nicht, was ich machen sollte. Ich war wie paralysiert.
Und dann kam ja auch schon sehr schnell dein Neffe."

Gudruns Augen wanderten auf der Suche nach
Bestätigung zu Arne. Der nickte nur, blieb ansonsten
aber stumm. Henriette machte das gerade wirklich
gut. Er merkte, dass Gudrun sich bei ihr wohlfühlte
und das wollte er auf keinen Fall zerstören. Schließlich stand die weitaus heiklere Frage nach den Geliebten ihres Mannes noch aus.

„Nun gut. Schön, dass sich das so einfach klären
ließ", Henriette lächelte Gudrun verständnisvoll an.
Sie wollte ihrer Freundin ein gutes Gefühl geben,

bevor sie zu der deutlich intimeren Frage kommen musste. „Leider haben wir noch einen weiteren Punkt, den wir klären müssen. Uns wurde berichtet, dass dein Mann immer wieder Verhältnisse mit anderen, teilweise sogar deutlich jüngeren Frauen gehabt haben soll."

„Woher wisst ihr das?" Gudrun blieb angesichts dieser Vorwürfe extrem gelassen.

„Also stimmen diese Gerüchte?", hakte Henriette nach, ohne darauf einzugehen, von wem sie diese Informationen hatten.

„Ja, es stimmt. Schon seit Jahren hatte Wolfgang immer wieder Beziehungen zu anderen Frauen, die eine oder andere war sicherlich auch jünger."

„Du sagst das, als hätte dich das nicht gestört." Henriette konnte kaum glauben, wie gleichgültig Gudrun klang.

„Beim ersten Mal war ich natürlich gekränkt. Ich hab die Fehler bei mir gesucht, mich gefragt, was ich falsch gemacht haben könnte und all das. Aber irgendwann wurde mir klar, dass seine Liebschaften nichts mit mir zu tun hatten. Und so habe ich gelernt, das Ganze einfach so gut es geht zu ignorieren."

„Zu ignorieren?", Henriette konnte kaum glauben, was da hörte. Sie hätte nie im Leben gedacht, dass Gudrun sich so ein Verhalten gefallen lassen würde. Für sie war Gudrun immer eine stolze und starke Frau. Die Vorstellung, dass sie sich einfach so betrügen lassen würde, schien Henriette komplett unvorstellbar. Sie hätte erwartet, dass Gudrun ihren Mann zum Teufel jagen würde.

„Ja, ich habe es einfach so gut es ging ignoriert. Sieh mal Henriette, ich habe mir das damals gut überlegt. Natürlich hätte ich jedes Mal einen riesigen Aufstand machen können. Ich hätte mit Trennung und Scheidung drohen können. Aber was hätte ich am Ende davon gehabt? Ich hätte komplett neu anfangen müssen. Dabei hatte ich doch bereits alles erreicht, was ich jemals erreichen wollte. Wir hatten eine erfolgreiche Firma aufgebaut und ein schönes Haus errichtet. Bei allen Eröffnungen und Festivitäten waren wir gern gesehene Gäste. Es fehlte mir weder an Geld noch an sonst irgendetwas. Warum hätte ich das alles aufgeben sollen, nur weil mein Mann sich falsch verhielt? *Ich* hätte mein Leben aufgeben müssen, nur weil *er* ein hormongesteuerter Idiot war. Nein, Henriette, nein. Wenn ich ganz ehrlich bin, hat es mich auch gar nicht so sehr gestört. Ich konnte schon seit Jahren sehr gut auf intime Momente mit Wolfgang verzichten. Weißt du, er war kein einfacher Mann. Es war nicht immer ein Vergnügen mit ihm.“

„Ich habe gehört, dass er sehr laut und sehr ausfallend werden konnte“, brachte Henriette einen weiteren Punkt ins Spiel.

„Oh ja, das konnte er. Oftmals hat eine Kleinigkeit ausgereicht, um in explodieren zu lassen.“

„Schon seltsam, auf mich hat er eigentlich immer sehr ruhig und sehr beherrscht gewirkt", kommentierte Henriette das Gehörte.

„Ja, nach Außen war er immer gefasst und freundlich. Die andere Seite seines Charakters hat er sich für Daheim aufgehoben. Mein Gott, was hat er den armen Wolfgang Junior manchmal fertiggemacht. Vor allem, nachdem er die Firmenführung an ihn abgegeben hatte. *„Das kannst du so nicht machen, das haben wir noch nie so gemacht!", „Wenn ich gewusst hätte, wie unfähig du bist, hätte ich dir die Firma niemals überlassen!"* Und so weiter."

„Und wie hat dein Sohn das aufgenommen?" Henriette war entsetzt über das, was sie heute alles erfahren musste. Wie hatte sie all das bisher nicht bemerken können? All die Male, die sie bei den Hösselbarths eingeladen war, vor allem, um mit Gudrun die Spendensammlungen für das Tierheim in Waldenheim zu organisieren, hatte sie nichts von all dem mitbekommen. Alles schien immer so perfekt.

„Ach, Wolfgang Junior hat über das Meiste davon einfach hinweggesehen, oder vielmehr hinweggehört", Gudrun grinste verschmitzt. „Das konnte er wirklich gut. Vermutlich weil er mit diesen Ausbrüchen groß geworden ist und wohl auch deswegen, weil es die anderen - und mich ja auch - immer wieder getroffen hat. Bei Wolfgang hat jeder in der Familie sein Fett wegbekommen. In der Hinsicht war er sehr gerecht." In Gudruns Stimme schwang purer Sarkasmus mit.

Henriette musste schlucken. Unsicher blickte sie zu Arne, der noch immer schweigend in seinem Sessel saß und das Ganze aufmerksam verfolgte. Auch er schien überrascht über das, was er gerade zu hören bekam. Henriette wollte nach Hause, deswegen kam sie schnell zum nächsten Punkt.

„Ich weiß, Arne hat das bei unserem letzten Besuch schon gefragt, aber ich würde die Frage heute, wo wir unter uns sind, gerne noch einmal wiederholen: Kannst du dir irgendjemanden vorstellen, der deinen Mann loswerden wollte? Vielleicht ja sogar aus der Familie?" Henriette blickte Gudrun freundlich an. Sie wusste, dass sie sich gerade auf sehr dünnes Eis begab.

„Nein, Henriette. Ich kann mir wirklich niemanden vorstellen, der zu so etwas fähig wäre. Ich meine, man kann sich streiten, vielleicht auch mal etwas heftiger. Aber Mord? Nein, das kann ich mir bei niemanden, den ich kenne, vorstellen."

„Wer kann das schon", dachte Henriette. „Und was ist mit den Geliebten deines Mannes? Meinst du eine dieser Frauen könnte ..."

„Das weiß ich wirklich nicht, Henriette. Ich kenne diese Frauen ja nicht einmal. Aber wenn es euch hilft, kann ich euch ja das „rote Büchlein" raus suchen. Ich bin mir sicher, es liegt noch immer in Wolfgangs Schublade unter seinen Socken", Gudrun grinste und auch Henriette konnte sich angesichts solcher Klischees ein Lächeln nicht verkneifen.

„Das rote Büchlein? Unter seinen Socken? Ist das dein Ernst?"

„Ja, ich weiß, nicht gerade originell", Gudrun zog die Augenbrauen nach oben und seufzte. „Wartet kurz, ich geh mal schauen."

Damit stand sie auf und verließ das Wohnzimmer.

„Was hältst du von der ganzen Sache?", fragend blickte Henriette Arne ins Gesicht.

„Ehrlich gesagt weiß ich das noch nicht so genau", gab Arne nachdenklich zu. Ehe sich die beiden weiter unterhalten konnten, kehrte Gudrun mit einem kleinen roten Heft zurück.

„Normalerweise hat Wolfgang alle seine Dates hier eingetragen. Namen, Telefonnummern, besondere Vorlieben und sogar, was er welcher Frau wann geschenkt hat. Er hatte einen wahren Faible für Buchführung." Gudrun reichte Arne das Heft und zuckte dabei mit den Schultern.

Sie begleitete die beiden noch zur Tür, dort umarmte und drückte Henriette ihre Freundin voller Mitgefühl. Zum Abschied beteuerte Henriette Gudrun noch, dass sie sie jeder Zeit anrufen könne, dann traten Henriette und Arne nach draußen.

„Ich hab Hunger."

„Ich auch", stimmte Henriette ihrem Neffen zu „und, ich habe eine prima Idee, was wir dagegen unternehmen können."

Gute 20 Minuten später saßen die beiden auf Henriettes Terrasse und auf dem hölzernen Gartentisch vor ihnen stand eine riesige, dampfende, saftige Pizza mit Parmaschinken und Ruccula. Dazu hatte Henriette einen Krug mit selbstgemachter Holunder Limonade und zwei Gläser geholt. Mrs. Hudson lag gemütlich vor sich hin dösend im schattigen Gras, während Mycroft sich lauernd neben dem Tisch in Stellung gebracht hatte. Nur für den Fall, dass etwas von dem so gut duftenden Teigfladen herunter fallen würde.

„Vergiss es Mycroft. Die Pizza ist nur für uns." Henriette kraulte dem Kater kurz den Kopf, bevor sie sich ein Stück von der Pizza nahm und genüsslich hinein biss. Mycroft schien damit absolut nicht einverstanden zu sein, denn er gab ein wirklich mürrisch klingendes „Mau" von sich und blickte Henriette und Arne aus finsteren, gelb-grünen Augen an.

„Scheint, als wäre dein Kater mit der Verteilung des Essens nicht so ganz zufrieden", Arne grinste breit, bevor auch er sich ein Stück Pizza in den Mund schob.

„Ganz sicher ist er das nicht. Wenn es nach ihm ginge, bliebe uns eventuell der Ruccula. Der Rest, vor allem natürlich der Schinken, würden hingegen in seinem Magen landen."

„Dein Kater weiß eben, was gut ist", ein weiteres Stück der italienischen Köstlichkeit verschwand in seinem Mund und Arne seufzte glücklich. Plötzlich kam ein schwarzer Schatten auf ihn zu geflogen und ließ sich unter dem strengen Blick des Katers direkt neben der Pizzaschachtel nieder.

„Himmel, hat der mich jetzt erschreckt! Kommt der gute Munin also noch immer bei dir vorbei."

„Regelmäßig", bestätigte Henriette und streichelte dem Raben liebevoll über den Rücken. Der schien das als Aufforderung zu verstehen, hüpfte noch näher an die Pizza und noch ehe Henriette reagieren konnte, hatte der Rabe seinen kräftigen Schnabel in dem Pizzarand versenkt und sich ein Stück heraus gerissen. „Munin!", Henriette schrie entsetzt auf. „Was sind denn das für Manieren? Arne muss ja denken, dass ich meinen Viechern alles durchgehen lasse."

Durch die Dreistigkeit des Vogels inspiriert, versuchte nun auch Mycroft, ein Stück der Leckerei zu ergattern, indem er seine Pfote auf den Tisch schnellen ließ. Doch dieses Mal war Henriette schneller. Mit einem Ruck zog sie die Pizza zu sich und die Pfote des Katers landete im Leeren.

Munin hatte sich mit seinem Raubgut an den Rand des Tisches zurückgezogen, Mycroft schien nach seinem Misserfolg zu spüren, dass er heute keine Beute mehr machen würde und so verlief das restliche Essen dann deutlich ruhiger. Nachdem die Pizza restlos verputzt war, lehnten Arne und Henriette sich entspannt in ihren Gartenstühlen zurück.

„Das mit der Pizza war eine großartige Idee, Tante Henni. Ich wusste gar nicht, dass die kleine Pizzeria hinter dem Rathaus so leckere Pizzen macht."

„Das macht sie auch erst seit ein paar Monaten. Der alte Francesco hat beschlossen, in den Ruhestand zu gehen und hat den Laden seiner Tochter übergeben. Mariella hat dann als Erstes renoviert. Die alte Holzvertäfelung musste einer hellen Terrakotta Farbe weichen, der weiße Fliesenboden wurde durch einen Holzboden ersetzt und auch die Einrichtung ist neu. Den Mittelpunkt bildet nun ein toller, großer Steinofen. Außerdem hat sie die komplette Speisekarte neu aufgestellt. Frischen Ruccula und Parmaschinken hättest du bei Francesco ganz sicher nicht auf einer Pizza gefunden." Henriette musste lächeln. Während der Phase der Umgestaltung hatte sie den alten Francesco bei schönem Wetter des Öfteren grummelnd auf einer der Bänke am Marktplatz sitzen sehen. Mehr oder weniger lautstark hatte er sich, in der Sonne sitzend, darüber beschwert, dass seine Tochter *„Den ganzen Laden auseinander nahm"* um *„unnütz, modernen Kram anzuschaffen"* und alles, was er jahrelang aufgebaut hatte *„zu ruinieren"*.

Arne nickte und griff dann in seine Hosentasche, um das kleine rote Heft von Wolfgang Hösselbarth hervorzuholen.

„Kommt jetzt der ungemütliche Teil?" Henriette nahm einen großen Schluck von der Holunder Limonade und sah zu, wie Arne das Heft im Schnelldurchlauf durchblätterte und irgendwo in der Mitte kurz innehielt.

„Auf den ersten Blick würde ich sagen, dass der alte Hösselbarth wirklich sehr genau war, wenn es um seine Damen ging. Angela, 42, erstes Treffen 2.

September 2010 im *Chez-Auguste,* Vorliebe für Austern, Ende der Treffen 22. Dezember 2010, zu unflexibel und zu laut, keine großen Geschenke", las Arne vor und runzelte die Stirn. „Was er wohl mit *zu laut* gemeint hat?" Arne schlug das Heft wieder zu, legte es auf den Tisch und konnte nur staunen. „Irgendwie ist das schon ein wenig krank, findest du nicht?", er wandte sich Henriette zu.

„Er wollte vermutlich keine Fehler machen", mutmaßte Henriette. „Bei so vielen Affären ... und er war schließlich auch nicht mehr der Jüngste", sie musste sich ein Grinsen verkneifen. „Was hältst du von Gudruns Aussage?"

„Also für mich klang das alles sehr glaubhaft. Vor allem, weil ich den jaulenden Hund auch am liebsten erschossen hätte."

„Wenn Gudrun also wirklich zur Tatzeit Piccolo schlürfend im Bushäuschen an der Bahnhofstraße gesessen hat, kann sie den Zünder nicht ausgelöst haben", schlussfolgerte Henriette und trank einen weiteren Schluck ihrer Limonade. Die Pizza war echt würzig gewesen.

„Vermutlich nicht. Die Entfernung von der Bushaltestelle zur Bühne ist definitiv zu weit für einen einfachen Zünder." Eine kurze Zeit blickten beide schweigend zu, wie Mrs. Hudson sich unbeeindruckt die Pfoten sauber leckte, während Mycroft verzweifelt versuchte, sie zum Spielen zu animieren. Irgendwann wanderte Henriettes Blick zu ihrem Neffen, der tief in Gedanken versunken schien. Er sah müde aus, fand Henriette. Unter seinen Augen hatten sich leichte Schatten gebildet und seine Haltung verriet ihr, dass sein Nacken vermutlich ziemlich steif war. Im Laufe des Tages hatten sich die meisten seiner Haare selbständig gemacht und so zierte jetzt eine recht strubbelige Frisur sein kastanienbraunes Haupt.

„Ich will dich wirklich nicht rauswerfen, aber du siehst ziemlich müde aus."

„Ich habe in den letzten Nächten wirklich nicht gerade viel geschlafen", gab Arne zu.

„Dann solltest du jetzt am Besten nach Hause fahren und dich ausnahmsweise früh ins Bett legen." Henriette stand auf, klemmte sich die leere Pizzaschachtel unter den Arm, um sie direkt in die Mülltonne vor dem Haus zu befördern. Auch Arne erhob sich aus seinem Stuhl.

„Ja Tante Henni", gab er zurück und klang dabei wie ein Dreijähriger, der seiner Kindergärtnerin nicht widersprechen wollte.

Nachdem Arne aufgebrochen war, ging Henriette ins Haus und schloss hinter sich zu. Sie wollte noch schnell die Gläser von der Terrasse holen und es sich dann mit ihrem neuen Rätselheft bequem machen. Als sie am Wohnzimmer vorbei kam, sah sie durch die Wohnzimmertür Mrs. Hudson und Mycroft dicht aneinander gekuschelt auf der Fensterbank auf ihrer Katzendecke liegen und lächelte.

Kaum war sie in der Küche, stürzte Munin durch die noch offene Terrassentür. In seinem Schnabel hatte er das kleine rote Heft. Elegant landete er auf der Küchenarbeitsplatte, um sodann sein schwarzes Gefieder zu sortieren und das Heftchen in aller Ruhe vor sich abzulegen.

„Meine Güte Munin, du hast heute wirklich einen Hang zu großen Auftritten." Langsam, um den Raben nicht zu erschrecken, ging sie auf Munin zu, um ihm das rote Heft abzunehmen. „Arne muss wirklich müde sein, wenn er ein so wichtiges Beweismittel einfach so vergisst. Aber zum Glück habe ich ja dich, du kluger Vogel." Henriette griff nach einer Blechdose, die auf einem kleinen Regal stand, öffnete sie und fischte eine halbe Walnuss heraus, die sie dem Raben vor den Schnabel legte. „Hier, wir tauschen. Ich bekomme das Heft und du die Nuss." Der Vogel blickte sie aus seinen schwarz glänzenden Augen an, gab ein lautes: „Kraa" von sich und schob Henriette das kleine Heft entgegen, bevor er sich genüsslich über die Nuss hermachte.

„Danke Munin." Henriette nahm das Heft an sich und steckte es sich in die hintere Hosentasche. Nachdem Munin die Nuss komplett verspeist hatte, hielt Henriette ihm ihren Arm hin. „Komm alter Freund. Ich bringe dich raus. Oder wolltest du heute Nacht bei mir und den Katzen bleiben?"

„Kra, kra!"

„Ja, das habe ich mir gedacht." Mit einem geschmeidigen Sprung hüpfte der Rabenvogel auf

Henriettes Arm und gemeinsam traten sie auf die Terrasse hinaus. Ein leichter Wind kam aus Osten und so konnte Henriette leise die Glocken von St. Nikolaus zum 18:00 Uhr Gottesdienst läuten hören. Sie strecke ihren Arm aus und schon wenige Sekunden später flog Munin davon, hinüber in seine geliebte Pappel.

Als Henriette die schmutzigen Gläser neben ihrer Spüle abstellte, fiel ihr Blick auf die zwei Café-au-lait-bols, die Paul und sie vor vielen Jahren von einer Rundreise durch die Provence mitgebracht hatten. Ein Lächeln zeichnete sich in ihrem Gesicht ab, als sie daran dachte, wie sie die bunt bemalten Bols damals auf einem Bauernmarkt in einem kleinen Ort westlich von Avignon gesehen hatte. Paul fand sie viel zu bunt, aber Henriette hatte ihn so lange bearbeitet und ihm vorgeschwärmt, wie sie nach ihrer Reise auch zu Hause knusprige Croissants in ihren Kaffee oder Tee tunken könnten, wenn sie nur diese Bols kaufen würden, bis er schließlich nachgegeben hatte. Es waren wundervolle Tage gewesen. Sie waren frisch verheiratet und die Idee, mit ihrem hellblauen Käfer Baujahr `73 Richtung Südfrankreich zu fahren, um ein paar schöne Tage in der Provence zu verbringen, erschien ihnen völlig normal. Es hatte sie nicht im Geringsten gestört, dass sie dafür viele Stunden im Auto sitzen mussten. Am Ende waren es sogar fast zwei Tage gewesen, bis sie in Saint Rémy de Provence, ihrem ersten Ziel, angekommen waren. Henriette war sofort begeistert gewesen von den engen Gassen, die ihre lange Geschichte förmlich auszudünsten schienen. Sie hatte sich vorgestellt, wie Nostradamus als kleiner Junge durch den Ort gelaufen war und wie Vincent van Gogh aus seinem Fenster aus der Nervenheilanstalt im Kloster St. Paul de Mausole auf das Dorf geblickt hatte. Eine ganze Woche waren sie Richtung Meer durch die Provence gefahren und hatten dort, wo es ihnen gefallen hatte, angehalten. Am Ende dieser Reise hatten sie an einem lauwarmen Abend in einem kleinen Restaurant am Golfe du Lion gesessen, die beste Bouillabaisse ihres Lebens gegessen und sich geschworen, noch viele weitere gemeinsame Reisen quer durch die ganze Welt zu unternehmen. Und das hatten sie dann auch getan. Über zwanzig Jahre lang.

Mit einem wehmütigen Lächeln auf den Lippen ging Henriette ins Wohnzimmer und setzte sich auf ihre teilweise schon etwas durchgesessene Couch. Eigentlich hätte sie die Couch längst durch eine neue ersetzen müssen. Arne hatte sie sogar schon zwei Mal in ein großes Möbelhaus gefahren, damit sie sich eine neue aussuchen konnte. Doch egal auf wie viele Modelle sie sich gesetzt hatte, keine Couch war so bequem wie ihre. Sie griff bereits nach ihrem neuen Rätselheft, als ihr das kleine rote Heft in ihrer Hosentasche wieder einfiel. Neugierig zog sie es hervor und begann darin zu blättern. Schon nach wenigen Seiten war ihr klar geworden, dass Wolfgang Senior ein wirklich pedantischer Mann gewesen sein musste. Er hatte in diesem Heft wirklich alles, was ihm irgendwie wichtig im Bezug auf seine Frauenbekanntschaften vorgekommen war, aufgeschrieben. Kennenlernen, Vorlieben, Macken, Geschenke, gemeinsame Reisen und Ausflüge … einfach alles. Lediglich auf die Nachnamen der Frauen hatte er verzichtet. Alle Damen waren nur mit ihrem Vornamen aufgelistet. Ein oder zwei waren mit Kürzeln und eine sogar nur mit einem einzigen Buchstaben eingetragen. Henriette überlegte noch, ob der alte Hösselbarth bei jenen Frauen mehr Diskretion walten lassen wollte, oder ob er die richtigen Namen vielleicht einfach nicht wusste. Schließlich gab es sicherlich Frauen, die bei einer Affäre gerne anonym blieben.

Plötzlich stutzte Henriette. Sie war fast am Ende des Heftes angekommen, als ihr Blick bei einer gewissen „Dani", 29, erstes Treffen 6.7.2019, Sommerfest der Firma, mag keinen Fisch, hübsches Ding, nichts wirklich Festes, aber nett für hin und wieder, Kurztrip nach Paris 10.10.2019-14.10.2019, Wellness Gutschein zu Weihnachten, 12.04. 2020 kleines Armband (350,-) hängen blieb. Ein Ende der „Beziehung" war nicht eingetragen. Henriette legte das Heft aus der Hand und war sich sicher, diese „Dani" zu kennen, oder besser gesagt, zu wissen, wer sie war. Denn wirklich kennen konnte man jemanden wohl nicht, den man zwar hin und wieder sah, aber mit dem man kaum mehr als ein paar freundliche, unverbindliche Worte gewechselt hatte. Henriette nahm das Heft erneut in die Hand, blätterte zu „Dani" und las ein zweites Mal, was Wolfgang Senior über sie geschrieben hatte. Im Sommer 2019 war sie 29 Jahre alt. Das passte. Und Wolfgang hatte sie auf dem Sommerfest der Firma getroffen. Das wäre auch gut möglich. Allein der Umstand, dass er sie erst 2019 kennengelernt haben soll, erschien Henriette seltsam. Wenn diese „Dani" dieselbe „Dani" war, an die sie dachte, dann hätte Hösselbarth sie schon bei diversen anderen Gelegenheiten treffen müssen. Möglich wäre natürlich, spann Henriette ihre Gedanken weiter, dass er sie schon lange kannte, aber erst bei diesem Sommerfest *näher* kennengelernt hatte. War hier vielleicht sogar ein Mordmotiv zu finden? Es mochte eine Sache sein, wenn der alte Hösselbarth Frauen traf, die sozusagen gesichtslos waren, aber was, wenn es jemand war, den man kannte?

Das Ganze ließ Henriette keine Ruhe. Sie musste das klären. Heute noch. Es war gerade erst achtzehn Uhr durch. Wenn sie sich sofort auf den Weg machen würde, wäre sie dank des E-Bikes, das sie sich vor ein paar Monaten gebraucht gekauft hatte, problemlos vor sieben Uhr beim Haus der Hösselbarths.

Arnes Hoffnung auf einen ruhigen Abend und eine große Portion Schlaf hatte sich zerschlagen, kaum dass er in seinen dschungelgrünen Skoda Yeti gestiegen und sein Telefon mit der Freisprechanlage verbunden hatte. Bei seiner Tante hatte er sein Telefon absichtlich auf „stumm" geschaltet und so hatte er weder den Anruf aus dem Labor, noch den von seinem Mitarbeiter Andreas Müller registriert. Mit einem tiefen, wehmütigen Seufzen hörte er sich ihre hinterlassenen Nachrichten an. Am Ende war ihm klar, dass heute noch die eine oder andere Überstunde auf ihn wartete. Statt den Weg zu sich nach Hause einzuschlagen, bog er auf die Bundesstraße Richtung Neustadt ab.

 **Kapitel 10**

Um kurz vor sieben Uhr bog Henriette in die Einfahrt der Hösselbarts ein. Während der Fahrt hatte sie sich überlegt, wie sie vorgehen wollte und sich dafür entschieden, zuerst Jenny aufzusuchen.

Henriette stellte ihr Rad neben einem großen Kübel mit einer wunderschönen, pinkfarbenen Engelstrompete ab, ging zur Eingangstür und drückte auf den Klingelknopf, der zu Jennys und Wolfgangs Wohnung gehörte. Die beiden bewohnten mit ihren Kindern eine Einliegerwohnung in der ersten Etage der Hösselbarth`schen Villa. Es dauerte nicht lange, bis Jenny die Tür öffnete.

„Hallo Henriette. Was machst du denn hier?" Jenny starrte Henriette verwundert aus großen Augen an.

„Guten Abend Jenny. Tut mir leid, wenn ich so spät noch störe, aber ich hätte da eine wirklich wichtige Frage. Es geht um deine Freundin, Dani."

„Dani? Du meinst Daniela Huber?" Jenny blickte Henriette völlig verständnislos an. Man sah ihr an, dass sie nicht die geringste Ahnung hatte, wieso Henriette abends vor ihrer Tür stand und nach ihrer alten Schulfreundin fragte.

„Du siehst sie doch noch hin und wieder, oder?"

„Ja sicher. Wir Treffen und ab und zu. Wieso fragst du?"

„Hat sie da mal über den alten Hösselbarth geredet?"

„Nein. Nicht wirklich. Also, ich meine, natürlich haben wir manchmal über den Alten geredet, schließlich gehört er zu meiner Familie und über die redet man ja schon mit der Freundin. Aber ich schätze, das meintest du nicht, oder?" Jenny sah Henriette fragend an.

„Nein, ich dachte da schon an persönlicheres."

„Henriette bitte, rede doch nicht um den heißen Brei herum. Warum kommst du extra abends hier raus und fragst nach Dani und dem alten Hösselbarth? Hat es was mit dem Mord zu tun?"

„Das weiß ich nicht", gab Henriette zu, „aber es sieht so aus, als hätte es da einige … nun, wie soll ich es am Besten sagen … es sieht im Moment so aus, als hätte sich Dani mehr als ein Mal sehr privat mit Wolfgang Hösselbarth Senior getroffen." Henriette hatte sich kurzerhand dazu entschlossen, Jenny nichts vorzumachen. Meistens kam man mit der Wahrheit ja eh am Weitesten.

„Was soll das heißen, *sehr privat*. Willst du etwa andeuten, dass sie ein Verhältnis mit ihm hatte?"

Jenny blickte Henriette ungläubig an. „Dani ist 30 Jahre alt und Wolfgang war 63!", Jenny schüttelte den Kopf. „Das kann doch nicht dein Ernst sein! Außerdem hat sie seit über einem halben Jahr einen Freund, den Simon. Sie hat ihn auf der Silvesterparty im „Tropicana" in Waldenheim kennengelernt. Nein Henriette, die Dani und der alte Hösselbarth, das kann ich nicht glauben. Wie kommst du denn überhaupt darauf?"

Henriette fiel auf, dass Jennys anfangs entsetzter Tonfall langsam einem eher neugierigem wich.

„Das kann ich dir leider nicht sagen. War Dani letztes Jahr auf dem Sommerfest der Firma?", führte Henriette ihre Befragung unbeirrt fort.

„Sicher. Sie kommt jedes Jahr. Sie meint immer, dass es beim Sommerfest der Firma Hösselbarth die besten Hähnchen vom Grill weit und breit gäbe. Außerdem gibt es kostenlos alkoholfreie Getränke und jedes Mix-Getränk oder Bier kostet nur einen bis zwei Euro. Dani ist seit jeher an diesen Tagen Stammgast an der Cocktail-Bar und später natürlich auch auf der Tanzfläche." Jenny konnte sich ein schiefes Grinsen nicht verkneifen. Anscheinend nutzte Dani die Sommerfeste, um ordentlich Spaß zu haben.

„Und bei diesem Fest ist dir nichts Besonderes aufgefallen?", Henriette beschloss, aufs Ganze zu gehen, „auch nicht, ob der alte Hösselbarth besonderes Interesse an Dani hatte?"

Jenny überlegte kurz, fast sah es so aus, als ob sie den Tag des besagten Sommerfestes einmal komplett vor ihrem inneren Auge Revue passieren ließ. Schließlich schüttelte sie ganz langsam den Kopf.

„Nein. Ich erinnere mich zwar daran, dass sie mit meinem Schwiegervater getanzt hat, aber das war nicht ungewöhnlich. Wie gesagt, Dani tanzt allgemein gerne und viel. Sie hat an dem Abend auch einige Tänze mit Erik aufs Parkett gelegt."

„Mit Erik?", Henriette kramte kurz in ihren Erinnerungen. War da nicht mal was? Hatte Gudrun ihr nicht irgendwann, kurz nachdem Erik von seiner „Studiums-Erholungs-Auszeit" zurückgekommen war, erzählt, dass er sich in Dani verguckt hatte, die ihn jedoch gnadenlos hatte abblitzen lassen. Sehr zur Zufriedenheit von Gudrun, die Dani gerade noch als Freundin von Jenny ertragen konnte, sich aber für ihren Sohn etwas deutlich anderes wünschte. Gudrun bezeichnete Dani damals gerne als „die seltsam asoziale Person an Jennys Seite". Wenn Jenny nicht dabei war, mutmaßte Gudrun gerne, dass Jenny sich nur mit Dani traf, weil sie sie erstens schon seit der Grundschule kannte und zweitens eine karitative Ader besaß. Henriette sah das absolut anders. Sie war sich sicher, dass Dani Jenny einfach gut tat. Dani war locker und lebensfroh. Sie hatte augenscheinlich keinen wirklich festen Plan für ihre Zukunft. Sie arbeitete mal hier, mal da und tat, wonach auch immer ihr der Sinn stand. Jenny hingegen verfolgte seit der Schulzeit einen sehr genauen Plan für ihr Leben. Guter Schulabschluss, danach eine Ausbildung zur Personaldienstleisungskauffrau, Mann, Hochzeit, Haus und Kinder. Die beiden waren grundverschieden und vermutlich, so dachte Henriette, verstanden sie sich gerade deswegen so gut. Dani zwang Jenny wenigstens ab und zu aus ihren streng geregelten Ablauf heraus und Jenny sorgte wenigstens für ein wenig Bodenständigkeit ins Danis Leben. „Hatte Erik nicht mal ein Auge auf

Dani geworfen", wollte Henriette ihre Vermutung bestätigt haben.

„Erik hatte schon des Öfteren ein Auge auf Dani geworfen. Das erste Mal schon in der siebenten Klasse", Jenny grinste. „Dann hat er es erneut in der neunten Klasse versucht und dann auch, nachdem er ins Dorf zurückgekehrt war. Wirklich landen konnte er nie."

„Ihr wart in der selben Klasse?", Henriette schien irritiert.

„Nein, natürlich nicht. Der Erik ist ja zwei Jahre jünger. Aber er war auf der gleichen Schule wie wir. Eine Klasse unter uns. Und da haben wir uns natürlich oft gesehen."

„Verstehe." Henriette merkte, dass sie hier nicht wirklich weiter kam. Abgesehen von der Tatsache, dass sie zwei neue Motive und zwei neue Verdächtige hatte und somit noch mehr Arbeit auf Arne zukam. Sowohl Simon, als auch Erik könnten mitbekommen haben, dass Dani sich mit Hösselbarth traf. Denn wenn man dem roten Heft glauben kann, hatte Dani die „Beziehung" zu Hösselbarth nicht beendet, nachdem sie mit Simon zusammengekommen war. Beide hatten also einen Grund zur Eifersucht. Simon, weil er es sicher nicht toll fand, wenn sich seine neue Freundin mit einem anderen Mann traf und Erik dürfte es auch nicht gefallen haben, dass er nie bei Dani landen konnte, sein alter Vater aber schon. „Danke Jenny. Ich werde dann mal wieder nach Hause fahren."

„Ich verstehe immer noch nicht, wieso du nach Dani gefragt hast. Und nach Wolfgang". Jenny sah Henriette an und zog dabei die Augenbrauen grüblerisch zusammen. „Du weißt etwas über die beiden … etwas, das mit Wofgangs Tod zu tun haben könnte …"

„Jenny, bitte, wie gesagt, ich weiß noch gar nichts. Weder über Dani und deinen Schwiegervater, noch über dessen Tod. Herauszufinden, was da genau passiert ist, und warum, das ist der Job von meinem Neffen und seinen Kollegen."

Henriette sah Jenny ganz deutlich an, dass sie skeptisch blieb. Sie glaubte Henriette nicht. Doch darüber wollte Henriette sich jetzt nicht den Kopf zerbrechen. Sie verabschiedete sich, stieg auf ihr Fahrrad und machte sich auf den Heimweg.

Als sie daheim durch ihr quietschendes Gartentor trat und sich ihre Blumen- und Gemüsebeete ansah, musste sie feststellen, dass sie die Gartenarbeit in den letzten Tagen hatte schleifen lassen. Sie war immer wieder erstaunt darüber, wie schnell die Natur war. Sie war wahrlich kein penibler Gärtner. Im Gegenteil. Sie liebte es, den Pflanzen und Blumen ihren Raum zu lassen. Es gab für sie nichts Schöneres, als eine Wiese, auf der es den ganzen Tag summte und brummte und auf dem die Vögel sich an den unzähligen Insekten laben konnten. Sie mochte keine sterilen Gärten mit exakt gemähten Rasenflächen, auf denen kein „Unkraut" zu sehen war und auf denen deswegen auch niemals eine Biene landen würde. Dennoch nahm sie sich vor, morgen wenigstens die verblühten Blüten aus ihren Stauden zuschneiden und das, was da wuchs, wo es nicht unbedingt wachsen sollte, zu mindestens aus den Gemüsebeeten zu zupfen. Kaum hatte Henriette das Haus betreten, schoss auch schon Mycroft laut maunzend um die Ecke. Henriette bückte sich zu dem Kater herunter, um ihn zu kraulen, doch das war offensichtlich nicht, was er wollte. Lautstark miauend stieß er seinen Kopf zwar zur Begrüßung immer wieder gegen Henriettes Beine, doch Henriette wusste, dass diese augenscheinlich freundliche Begrüßung auch eine gehörige Portion Unmut enthielt und sie schnellstmöglich in die Küche treiben sollte. Sie hatte aufgrund ihres übereilten Aufbruchs vorhin vergessen, den Katzen ihre abendliche Ration Futter hinzustellen. Und beim Futter verstand der Kater keinen Spaß! Nachdem sie Mycroft und Mrs Hudson Futter und frisches Wasser bereitgestellt hatte, ging sie sofort zum Telefon. Bei Arne ging jedoch nur der Anrufbeantworter an. Sie hoffte, dass er das Telefon ausgestellt hatte, um früh ins Bett zu gehen, aber wirklich glauben konnte sie es nicht. Vielmehr befürchtete sie, dass er auch heute Abend wieder einmal viel zu lange arbeiten würde. Sie hinterließ ihm kurz eine Nachricht, in der sie von ihrem Verdacht bezüglich Jennys Freundin und Hösselbarth Senior, sowie von Eriks Gefühlen für eben jene Dani und von ihrem aktuellen Freund Simon berichtete.

Es war spät, als Arne an diesem Abend endlich dazu kam, Henriettes Nachricht abzuhören. Arne atmete tief ein. Die neuen Informationen seiner Tante und die seiner Kollegen, versprachen eine Menge Arbeit. Er beschloss gleich morgen früh zu seiner Tante zu fahren. Er brauchte das rote Heft. Danach würde er besagte Dani und deren Freund Simon aufsuchen. Je nachdem, wie diese Gespräche verlaufen würden, würde er im Anschluss erneut zu den Hösselbarths fahren. Oder sollte er sich lieber zunächst doch noch einmal die Bühne genau ansehen? Die neuen Erkenntnisse seiner Kollegen gaben dem bisher vermuteten Hergang am Abend der Einweihung eine ganz neue Richtung. Leider eine, die die Aufklärung der Tat nicht leichter machte.

Kapitel 11

Als Arne am nächsten Tag in den Garten seiner Tante trat, sah er sie tief zwischen den Bohnen auf der Erde herumkriechen. „Tante Henni, so früh schon so fleißig?".

„Arne, mein Junge. Hast du mich jetzt erschreckt." Henriette erhob sich und klopfte sich die sandige Hose ab. „Ich habe gestern Abend festgestellt, dass ich dem Garten dringend mal wieder ein wenig Aufmerksamkeit zukommen lassen muss." Sie deutete auf das Beet mit den Bohnen. „Schließlich will ich irgendwann Bohnen ernten und nicht nur Schachtelhalm", sie lächelte. „Aber was um alles in der Welt machst du so früh hier? Hast du meine Nachricht von gestern gehört? Kannst du damit etwas anfangen?"

„Wow. Nicht alles auf einmal", Arne lachte. „Ja, ich habe deine Nachricht abgehört und ich habe sogar bereits heute Morgen sowohl mit Dani, als auch mit Simon geredet."

Henriette stellte den Korb mit dem gezupften Unkraut ab und deutete Arne ihr zur Terrasse zu folgen. „Möchtest du etwas trinken?"

„Gerne. Hast du noch etwas von der Holunder Limo? Die war wirklich gut."

„Setz dich. Ich hole uns eben zwei Gläser."

Als Henriette kurz darauf wieder kam, befanden sich auf ihrem Tablett nicht nur die zwei Gläser mit der Limo, sondern auch ein paar riesengroße Kekse.

„Himmel, was ist denn das?!"

„Was meinst du?", kaum hatte Henriette sich in den gegenüber liegenden Stuhl gesetzt, sprang auch schon Mrs. Hudson auf ihren Schoß, um sich ausgiebig kraulen zu lassen.

„Ich meine diese unglaublich großen Kekse."

„Ach so, das sind Chocolate Chip Cookies. Die habe ich gestern Abend gebacken. Nach dem Gespräch mit Jenny sind meine Gedanken irgendwie die ganze Zeit Karussell gefahren. Und da Backen mich eigentlich immer beruhigt, dachte ich, es wäre eine gute Gelegenheit das Cookie Rezept auszuprobieren, dass ich neulich in einem alten amerikanischen Kochbuch vom Flohmarkt entdeckt habe."

„Du bist schon so eine Nummer, Tante Henni. Eine Mischung aus Dr. Watson und Paul Bocuse."

Henriette lachte laut auf. „Also ich bezweifele doch sehr, dass Paul Bocuse sich seine Zeit mit so simplen Dingen wie Kekse backen vertrieben hat. Da hätte ich dir jetzt schon eine Trüffelsuppe oder Ähnliches bringen müssen."

„Ich mag keine Trüffel", gab Arne breit grinsend zurück und griff nach einem der riesigen Kekse. „Kekse mag ich aber schon. Hm, die sind sensationell. Fast so gut wie deine Schwarzwälder-Kirsch-Muffins."

„Findest du? Ich fand den Cookie, den ich gestern Abend noch genascht habe, auch recht gut." Nun nahm sich auch Henriette einen Keks. „Und ich finde sie heute auch noch gut", nuschelte sie mit vollem Mund. „Ach ja … hier", sie zog das kleine rote Heft aus ihrer Hosentasche und reichte es ihrem Neffen. „sonst vergisst du es am Ende wieder."

„Danke", Arne nahm das Heft entgegen. „Und wo hast du jetzt die Einträge zu dieser Dani gefunden?"

„Ziemlich weit hinten", während Arne das Heft durchsuchte, fragte Henriette: „Du hast gesagt, dass du heute früh schon mit Dani Huber und ihrem Freund geredet hast. Was haben sie denn gesagt?"

„Daniela Huber hat ohne Umschweife zugegeben sich hin und wieder mit dem alten Hösselbarth getroffen zu haben. Sie hat gesagt, dass es eine nette Abwechslung gewesen sei."

„Das glaube ich gerne."

Inzwischen hatte Arne die betreffend Seite im Heft gefunden. „Paris, Wellness, Schmuck-Geschenke … nett." Er blätterte ein wenig zurück, überflog die eine oder andere Seite, stutzte bei einer Seite kurz, weil dort kein Name, sondern nur ein einzelner Buchstabe stand, blätterte dann aber weiter. „Aber im Vergleich zu anderen Damen war Dani anscheinend ein eher kostengünstiger Zeitvertreib."

„Daniela Huber hat gerne Spaß, aber geldgierig ist sie sicher nicht", bestätigte Henriette das, was Danis Hefteintrag im Vergleich zu anderen bot. „Hat sie gesagt, wo sie am Tag der großen Einweihung war?", fragte Henriette neugierig.

„Hat sie. Sie war natürlich, wie fast alle aus Kirchhausen und Umgebung, bei dem Fest."

„Mit ihrem Freund nehme ich an?"

„Nein, der ist seit Anfang des Monats in einer Außenstelle seiner Firma. Genau gesagt in einem Vorort von Hamburg."

„Hamburg? Das ist nicht gerade um die Ecke." Henriette legte den Kopf leicht schief.

„Stimmt. Deswegen kommt er auch erst nächstes Wochenende das erste Mal wieder hier her. Also genau genommen nach Waldenheim. Dort wohnt er nämlich eigentlich."

„Dann war Dani alleine auf dem Fest?"

„Nein, sie war mit ihren Eltern da."

„Mit ihren Eltern. Dann können die ja sicher auch aussagen, wo Daniela war, als Hösselbarth ermordet wurde."

Arne holte tief Luft, bevor er seiner Tante antwortete. „Könnten sie sicher, aber leider ist es völlig egal, wo wer war, als der Alte erschlagen wurde", Arne klang hörbar verzweifelt.

„Wieso das denn?", Henriette schaute Arne verwundert fragend an.

„Weil ich seit gestern Abend weiß, von wo aus die Sprengladung gezündet wurde."

Henriette fiel auf, dass Arne bei dieser neuen Offenbarung sehr unglücklich aussah. „Was soll das heißen?"

„Das heißt, dass der Zünder in der Requisitenpistole verbaut war, mit der Lisa bei der Aufführung Bernd erschossen hat. Und das heißt, dass es völlig egal war, wo sich der Täter zum Zeitpunkt der Explosion aufgehalten hat. Lisa hat die Sprengung ausgelöst, als sie den Abzug betätigt hat."

„Scheiße! Oh, Verzeihung", Henriette hielt sich die Hand vor den Mund. „Mist." Sie fluchte eher selten und noch seltener, wenn sie nicht alleine war. „Dann habt ihr Lisa jetzt festgenommen?" „Schon gut. Du hast ja recht. Es ist … Mist. Und nein, wir haben Lisa zwar ins Revier gebeten und noch einmal befragt, aber im Grunde glaubt niemand von uns, dass sie den alten Hösselbarth absichtlich umgebracht hat. Durch diese Art der Fernzündung kommt im Grunde wirklich jeder als Täter in Betracht. Der Täter musste zur Tatzeit nicht einmal vor Ort sein. Damit kommt sogar Gudrun wieder ins Spiel … Im Grunde hätte es so gut wie jeder Mensch auf dieser Erde sein können", fügte Arne leise und resigniert lächelnd hinzu.

„Und was nun?". Henriette spürte, wie ratlos Arne war. Die Erkenntnisse über den Zünder warfen ihn komplett zurück. Jetzt galt es nicht mehr nur herauszufinden, wer an dem Abend der Tat vor Ort war, sondern Arne musste vielmehr herausfinden, wer vorher Zugang zu den Requisiten und der Bühne hatte. Und wie Bernd ja schon gesagt hatte: Die Bühne und auch die Requisiten waren nicht abgeschlossen. Arne hatte recht. So gut wie jeder hätte die Pistole und den Kronleuchter manipulieren können. Das war eine mittelgroße Katastrophe.

„Nun", begann Arne, „wollte ich dich fragen, ob du mit mir noch einmal zur Bühne gehen möchtest."

„Ich soll mitgehen? Warum? Also nicht, das ich dich nicht gerne begleiten würde ..."

„Weil Sherlock auch nie ohne seinen Watson unterwegs ist", fiel Arne ihr lachend ins Wort. „Nein, im Ernst, ich bin mir sicher, dass du auf ganz andere Dinge achtest als ich. Außerdem steckst du eh schon ziemlich tief in diesem Fall mit drin und zu guter Letzt schätze ich deine Kombinationsgabe. Du kennst die Leute hier im Ort und weißt, wer wie tickt, zu wem welches Verhalten passen würde und zu wem nicht."

„Wirklich lieb von dir, dass du mir so viel zutraust. Aber eines kann ich dir jetzt schon sagen: Bis vor ein paar Tagen hätte ich niemanden hier im Ort einen so raffiniert eingefädelten Mord zugetraut. Ich schätze also, dass ich das Verhalten meiner Mitbürger vermutlich eher schlecht einschätzen kann."

„Vielleicht war es ja auch niemand von hier", gab Arne zu bedenken.

„Das wäre für unseren Ort sicher eine gute Sache, aber für deine Arbeit wäre es doch eher ein Desaster. Die Wahrscheinlichkeit, den Täter zu finden, würde dann vermutlich faktisch gegen null tendieren. Oder nicht?"

„Sagen wir mal so: Einfacher würde es die Suche nach dem Täter sicher nicht machen."

„Eben. Das ist einfach eine verflixte Lage!" Henriette hob Mrs. Hudson sanft von ihrem Schoß und setzte sie auf die Bank. Die Katze nahm das Ende der Schmuseeinheit gelassen hin und rollte sich genüsslich auf der Gartenbank zusammen. Henriette musste lächeln. Der Kater hätte ein so abruptes Ende nicht ohne murren hingenommen. Sie stand auf und deutete Arne ihr ins Haus zu folgen. „Ich wechsele nur eben die Schuhe. Mit den gammeligen Gartenlatschen kann ich ja schlecht raus", lächelnd zeigte sie auf ihre wirklich schon lange in die Jahre gekommenen Crocs auf denen das ursprüngliche Blumenmuster kaum noch zu erahnen war.

Kapitel 12

Wenige Minuten später verließen die beiden Henriettes Haus durch den Vorderausgang und wie in letzter Zeit so oft gab das Gartentor sein seufzendes Quietschen von sich, als Henriette es hinter sich schloss.

„Du solltest das wirklich mal ölen", Arne sah seine Tante mahnend an.

„Ich weiß. Aber wenn ich ehrlich bin, habe ich mich mittlerweile irgendwie an das Quietschen gewöhnt", sie zuckte mit den Schultern.

Die beiden nahmen den selben Weg, den Henriette auch am Tag der Eröffnungsfeier genommen hatte. Als sie an Trudis TörtchenTraum vorbei kamen, war Trudi im Café gerade dabei, einige Tische abzuräumen. Henriette winkte ihr freundlich durch die Schaufensterscheibe zu und versuchte ihr per Handzeichen zu erklären, dass sie später auf einen Kaffee reinschauen würde und Trudi signalisierte ihrerseits, mit einem verständigen Nicken, dass sie verstanden hatte, was Henriettes Zeichen zu bedeuten hatten.

„Eine erstaunliche Kommunikation", stellte Arne verblüfft fest.

„Trudi und ich kennen uns schon so lange, da braucht es keine Worte mehr."

Als sie auf die Bahnhofstraße einbogen fragte Arne: „Ist das dort drüben das Wartehäuschen, in dem Gudrun angeblich gesessen hat, während das Theaterstück lief?"

„Das muss es eigentlich sein. Wie du siehst, ist es in dieser Straße das einzige Häuschen. Am Anfang und am Ende der Straße gibt es zwar noch Haltestellen, aber die sind ohne Wartehäuschen."

„Hm, das ist wirklich ein ganzes Stück von der Bühne entfernt."

Einige Meter weiter kam die Bühne in Sicht. Henriette lief ein leichter Schauer über den Rücken. Sie hatte es seit dem Tag des Mordes vermieden an den See, geschweige denn in den Park oder zur Bühne zu gehen. Ihr fiel auf, dass die Bühne - so ganz ohne Publikum - sehr traurig aussah. Fast glich der Bau aus Beton, Holz und Stahl einem Fremdkörper. Die freiwilligen Helfer hatten die Sitzbänke abgebaut, so dass neben der Bühne nur noch der Containerbau, in dem die Technik und die Sanitäranlagen untergebracht waren, auf dem Bühnengelände stand.

„Irgendwie sieht das ziemlich armselig aus", stellte nun, nachdem sie direkt vor der Bühne angekommen waren, auch Arne fest.

„Am Tag der Einweihung ist mir gar nicht aufgefallen, wie wenig der Bau in diesen Park und an diesen See passt." Henriette verzog leicht angewidert ihr Gesicht.

„Mir auch nicht", gab Arne zu. „Glaubst du jetzt, wo der alte Hösselbarth tot ist, wird die Bühne weiter genutzt werden?"

Über eine kleine Treppe auf der Rückseite betraten sie die Bühne.

„Ich denke schon. Vielleicht wird es erst einmal eine Weile dauern, bis hier wieder geprobt und gespielt wird, aber schlussendlich geht das Leben ja weiter. Wäre ja auch irgendwie schade, wenn dieser sicherlich nicht gerade kostengünstige Bau nach nur einer halben Aufführung brach liegen würde."

Gemeinsam schritten sie die Hinterbühne ab. An der einen Wand standen verschiedene Bühneprospekte. Daneben befand sich ein Metallschrank, wie man ihn normalerweise in Werkstätten oder beim Militär fand. Henriette ging darauf zu und wie Bernd es gesagt hatte, konnte sie die Türen problemlos öffnen.

„Tatsächlich nicht abgeschlossen."

„Ich weiß, die Kollegen von der Spurensicherung haben das auch schon bestätigt."

„War die manipulierte Waffe hier drin?"

„Laut Aussagen der Theatergruppe ja. Max hat ausgesagt, dass sie die Pistole zusammen mit anderen Requisiten online bestellt hätten. Ungefähr drei Wochen vor der Aufführung sei dann das Paket angekommen."

„Wer hat es in Empfang genommen?"

„Susi Klinghofer. Sie arbeitet in der Apotheke am Markt. Die Gruppe hat das Paket dorthin schicken lassen, weil es dort jederzeit angenommen werden konnte. Sie hat das Paket dann zur nächsten Probe mitgenommen und dort haben es alle Theatermitglieder gemeinsam geöffnet, jeder hat seine Sachen inspiziert, sie haben geprobt und am Ende der Probe wurden die neuen Requisiten zu den alten in diesen Schrank hier", Arne deutete auf den linken der beiden Schränke, „verstaut."

„Jeder, der das wusste, könnte der Täter sein."

„Im Grunde ja. So eine Zündung bekommst du inklusive Anleitung für ein paar Euro in jedem Elektro- oder Bastelladen oder noch einfacher übers Internet. Nur das Anbringen der Sprengladung könnte den Täterkreis etwas eingrenzen. Immerhin musste der Täter fit genug sein, um in der Traverse herumzuklettern und schwindelfrei war er oder sie sicher auch." Arne war seine Verzweiflung deutlich anzuhören.

„Also fallen immerhin Gehbehinderte, Blinde und Einarmige raus", versuchte Henriette zu scherzen.

„Oh, es gibt wirklich sehr gute Kletterer, die nur einen Arm haben. Es gibt ja schließlich auch ein deutsches Paraclimbingteam und wenn ich mich jetzt nicht extrem irre, sind da auch einarmige Kletterer dabei."

Henriette schaute ihren Neffen belustigt an.

„Meinetwegen. Sollten wir also einen verdächtigen Einarmigen finden, der gleichzeitig Mitglied im Deutschen Alpen Verein ist, bleibt er auf unserer Liste."

„Einverstanden." Arne nickte lachend.

„Haben deine Kollegen eine Ahnung, wie lange die Sprengladung in der Traverse hing?"

„Nicht wirklich. Aber wir alle vermuten, dass der Täter das Ganze eher kurz vor der Feier aufgebaut hat. Immerhin steigt mit jedem Tag auch die Gefahr, dass jemand den Brandsatz bemerkt."

„Apropos, hätte Lisa denn merken können, dass jemand an der Pistole rumgewerkelt hat? Die hatte doch durch den Zünder sicherlich ein anderes Gewicht?"

„Schwer zu sagen. Ein Profischütze würde sicher sofort merken, wenn sich das Gewicht seiner Pistole verändert. Ein professioneller Schauspieler vielleicht auch. Aber ob man das von einer Laiendarstellerin, die normalerweise im Einwohnermeldeamt arbeitet, auch erwarten kann ...Vor allem, weil wir davon ausgehen, dass die Tatwaffe erst am Abend der Aufführung ausgetauscht wurde."

„Verstehe." Henriette verließ die Hinterbühne und trat auf die Bühne hinaus. Die Bühne sah noch aus wie am Tag der Aufführung. Nur hier und da hatte die Spurensicherung ihre Spuren hinterlassen und, wie Henriette erschrocken feststellen musste, dort, wo Hösselbarth Senior erschlagen wurde, waren auch noch die eingetrockneten Blutflecken zu erkennen. Sie wandte sich ab und ließ ihren Blick in die Traverse schweifen.

„Wie hoch ist das?"

„Ziemlich genau 4,20 Meter." Arne war neben seine Tante getreten und blickte nun ebenfalls nach oben.

„Puh, mir wäre das ja zu hoch. Nicht das ich Höhenangst habe", mit etwas Wehmut dachte sie an die Tage in Paris zurück und daran, wie sie mit Paul auf der Aussichtsplattform des Eiffelturms gestanden hatte. Sie hatte sich ganz nah an das Sicherheitsgitter gestellt und sich gewünscht, es wäre nicht da. Wie herrlich und frei musste man sich ohne dieses lästige Gitter vor der Nase fühlen. Und wie viel wundervoller wäre dann der Blick hinunter auf die Stadt der Liebe ... , „aber die Vorstellung, in so einem einfachen Gerüst herumzuklettern und dann auch noch eine Sprengladung an einem Seil zu montieren ... ne, ich glaube, da gehört doch etwas mehr zu, als einfach nur schwindelfrei zu sein."

„Vielleicht war es ja einer der Artisten? Oder ein Kletterer", warf Arne einen Gedanken ein, der ihm bereits beim ersten Betrachten der Traversen gekommen war.

„Oder es war doch jemand, der sich mit Bühnen und deren Aufbau auskennt. Wer hat das ganze Traversensystem denn aufgebaut?"

„Das Grundgestell hat die selbe Firma aufgebaut, die auch die Bühne aufgebaut hat. Also jedenfalls die ganzen Stahlkonstruktionen und so."

„Sozusagen das Skelett der Bühne." Henriette schmunzelte.

„Sozusagen."

„Und wer hat den ganzen Rest gebaut?", wollte Henriette dann wissen.

„Den Rest haben die Theaterleute größtenteils selbst fertig gebaut. Dort, wo es nötig war, natürlich mit Hilfe von Fachleuten. So, wie die Firma Schramm ja zum Beispiel den Bühnenboden verlegt hat."

„Und die Lampen?"

„Also … die Lampen wurden, genauso wie die Soundanlage, das Mischpult und alle sonstigen technischen Geräte, online bestellt und hier dann von der Firma Rollinger installiert."

„Der alte Hösselbarth hat das ganze Equipment gekauft?" Henriette starrte Arne mit ungläubigen Augen an. „Warum hat er es nicht geliehen? All die Sachen zu kaufen muss doch ein kleines Vermögen gekostet haben. Es wäre doch sicher billiger und vermutlich auch einfacher gewesen, sich die Sachen zu leihen. Vor allem, wenn man bedenkt, dass so eine Freilichtbühne eh nur eine begrenzte Zeit im Jahr bespielbar ist. So müssen die Geräte selbst gewartet, gereinigt und gelagert werden."

Arne zuckte mit den Schultern. „Vermutlich muss ich noch einmal mit Hösselbarth Junior reden."

„Und du solltest bei der Firma, die das *Skelett* aufgebaut hat, nachfragen, ob sie ihr Geld bekommen haben. Ansonsten wäre ja vielleicht auch hier ein potenzieller Täter", warf Henriette ein.

„Toll, noch mehr mögliche Verdächtige", Arne verzog schmollend den Mund.

Henriette hakte sich bei ihrem Neffen unter und zog ihn mit sich von der Bühne. „Lass den Kopf nicht hängen. Du wirst den Täter finden. Da bin ich mir ganz sicher."

Gemütlich schlenderten sie in Richtung Marktplatz zurück. Wirklich Neues hatte ihr kurzer Ausflug zur Bühne nicht gebracht. Unterwegs rief Arne bei seinen Kollegen an und bat sie, sich um die Firma zu kümmern, die das alles aufgebaut hatte. Er selbst wollte ein weiteres Mal bei den Hösselbarths vorbeifahren, um zu klären, was für Kosten die ganze Bühne verursacht hatte und warum alles gekauft und nichts geliehen wurde.

„Warum trinken wir zwei jetzt nicht erst einmal einen schönen Kaffee bei Trudi und fahren dann gemeinsam zur Familie Hösselbarth?", schlug Henriette vor.

„Eigentlich habe ich keine Zeit zum Kaffeetrinken Tante Henriette."

„Ach was. Jeder braucht mal eine Pause. Und Trudis Kaffee weckt Körper und Geist. Das kann im Moment doch sicher nicht schaden."

In dem Punkt musste Arne seiner Tante leider absolut zustimmen. Dieser Fall machte ihn langsam aber sicher mürbe.

Als sie Trudis Café betraten, empfing sie augenblicklich der Duft von frischem Kaffee und Kuchen.

Trudi, die gerade riesige Stücke eines gedeckten Apfelkuchens auf zwei Teller schaufelte, winkte ihnen strahlend zu und deutete auf einen Tisch in einer Nische neben dem auf alt getrimmten Kamin, der jetzt im Sommer zwar reine Dekoration war, im Winter aber durchaus angeheizt wurde und dem TörtchenTraum dann ein wundervoll warmes, gemütliches Ambiente bescherte. Nachdem Trudi den Kuchen an einen Tisch draußen geliefert hatte, kam sie auch schon freudig auf die beiden zugelaufen. „Henni, Liebes, gibt es Neuigkeiten vom alten Hösselbarth? Habt ihr den Täter? Wer war es? Und warum?", sprudelten die Fragen nur so aus ihrem kirschrot geschminkten Mund.

„Wow, Trudi, hol Luft", versuchte Henriette Trudis Redeschwall zu bremsen.

„T`schuldige Henriette. Ich bin immer so schnell überdreht und diese Sache mit dem Mord macht mich einfach ganz wuschig." Sie holte kurz tief Luft. „Wollt ihr etwas trinken? Oder ein Stück Kuchen?"

„Gerne. Wir brauchen dringend etwas von deinem Lebensgeister weckenden Kaffee und der Kuchen, den du gerade serviert hast, sieht auch sehr verlockend aus. Allerdings reicht uns bei deinen Portionen ein Stück mit zwei Gabeln. Oder was meinst du, Arne?"

„Auf jeden Fall. Aber vielleicht wäre dann ein wenig Sahne dazu eine gute Idee."

Trudi grinste. „Die Vorliebe für alles Süße scheint bei euch ja in der Familie zu liegen."

„Da hast du sicher Recht. In unserer Familie wurde schon immer gerne und viel gebacken … und gegessen", Henriette dachte mit Wehmut an den Käsekuchen ihrer Oma Irmgard. Sie hatte ihr zwar schon als junges Mädchen das Rezept abgeluchst, aber egal wie oft sie den Kuchen gebacken hatte, er war ihr nie so gut gelungen wie ihrer Oma. Vielleicht war es aber auch einfach nur die Erinnerung, die ihr vormachte, dass der Kuchen früher bei ihrer Oma besser geschmeckt hatte.

„Dann hole ich euch jetzt erst einmal Kaffee und Kuchen. Aber dann will ich Neuigkeiten hören."

Arne sah Trudi, die ihre üppigen Rundungen heute gekonnt in ein kariertes Neckholder Oberteil und einem dazu passenden roten Tellerrock verpackt hatte, hinterher und runzelte die Stirn. „Temperamentvolle Person."

„Oh ja, Trudi ist innen wie außen eine Wucht. Sie ist einer der herzlichsten Menschen, die ich kenne. Ihre Kuchen, CupCakes und Cookies sind legendär, und mir würde auf Anhieb niemand anderes einfallen, der so roten Lippenstift tragen kann, ohne dabei billig auszusehen."

Als sich Trudi einige Augenblicke später bestückt mit einem Tablett mit drei Tassen Kaffee und einem großen Stück Apfelkuchen mit Sahne zu ihnen setzte, wirkte sie noch immer ein wenig nervös. Henriette kannte ihre Freundin lange- und gut genug, um zu wissen, wie viel Überwindung es sie kostete, nicht gleich wieder los zu sprudeln, und da Henriette kein Unmensch war, ließ sie Trudi auch nicht lange zappeln. „Wir haben noch keinen Täter."

„Habt ihr denn wenigstens schon einen Verdächtigen? Mich macht das ganz hibbelig, dass hier irgendwo ein Mörder herumläuft. Stell dir vor, vielleicht kenne ich den Mörder und hab ihm womöglich schon Kuchen verkauft."

Henriette bemerkte, dass dieses Thema ihrer Freundin wirklich zu schaffen machte. Wie bereits bei ihrem letzten Gespräch zeichneten sich auch jetzt wieder leichte hektische Flecken auf ihrem Gesicht ab.

„Sie brauchen sich sicher keine Sorgen machen Frau ...", Arne stutzte, als ihm auffiel, dass er gar nicht wusste, wie die Besitzerin von Trudis TörtchenTraum mit Nachnamen hieß.

„Van Bloom. Trudi van Bloom. Also eigentlich ja Gertrudis van Bloom. Aber Sie sagen bitte einfach Trudi zu mir", sie lächelte Arne freundlich an.

„Gerne. Gertrudis ist ein wirklich außergewöhnlicher Name."

„Außergewöhnlich ist noch nett ausgedrückt. Der Name ist grauenvoll. Ich weiß nicht, warum Eltern so etwas tun ... naja, eigentlich weiß ich es schon. Meine Mutter hat eine Vorliebe für alles Nordische. Sie liebt die Wikinger. Ihre Tochter *starke Speerkämpferin* zu nennen war für sie vermutlich ganz normal", Trudi lachte laut auf.

„Ich bin mir sicher, dass Arne Recht hat", führte Henriette das Gespräch zum Ursprung zurück.„Der Täter hatte einen bestimmten Grund Hösselbarth Senior zu töten und er wird sicher nicht wahllos durch Kirchhausen laufen und Menschen umbringen."

„Ich kann meiner Tante da nur zustimmen. Mord ist ein sehr persönliches Verbrechen. Meist entledigt der Täter sich damit eines bestimmten Problems und wenn das aus der Welt geschafft ist, hat er meist auch keinen Grund weiter zu töten."

„Aber es weiß ja niemand, warum Hösselbarth getötet wurde, oder? Vielleicht erstreckt sich das Problem, das der Täter mit ihm hatte, ja auch noch auf andere Personen. Mein Gott, vielleicht ist die ganze Familie Hösselbarth in Lebensgefahr!" Und schon waren die roten Flecken vollends wieder da.

„Das kann ich mir ehrlich gesagt nicht vorstellen. Erstens hätte es dann bessere Gelegenheiten gegeben, bei denen man gleich mehrere Hösselbarths hätte erwischen können, und zweitens gibt es keinerlei Anzeichen, dass jemand ein Problem mit den anderen Hösselbarths haben könnte", sagte Henriette beruhigend.

„Das beruhigt mich nur wenig. Immerhin gab es doch auch keine Anzeichen dafür, dass der alte Hösselbarth umgebracht werden sollte", gab Trudi zu bedenken.

„Anzeichen nicht ...", gab Henriette zu.

„Aber mittlerweile haben wir doch einige Dinge gefunden, die dem Täter einen Grund geliefert haben könnten", beendete Arne den Satz.

„Was für Dinge?", hakte Trudi neugierig nach.

„Tut mir leid Trudi, aber ich denke, darüber darf Arne nichts sagen."

„Aber du weißt es doch sicherlich auch." Trudis Tonfall bekam etwas leicht Schmollendes.

„Und das kann Arne schon in Schwierigkeiten bringen. Stimmt`s Arne?"

„Was? Ja, ja, das ist eigentlich nicht in Ordnung, dass Henriette so viel weiß." Arne nickte, um das Gesagte zu unterstreichen, obwohl es eine glatte Lüge war. Er war sich sicher, dass es keinen seiner Kollegen interessierte, mit wem er über den Mord sprach. Jedenfalls nicht, solange er die Ermittlungen damit nicht sabotierte. Aber ihm war natürlich auch klar, dass Henriette so etwas sagen musste, wenn sie verhindern wollten, dass demnächst der ganze Ort über seine Ermittlungen Bescheid wusste. Das könnte dann wirklich hinderlich werden. Vor allem, weil die Wahrscheinlichkeit, dass auch der Täter auf diesem Weg erfahren würde, was sie wussten und was nicht in einem so kleinen Ort, wie Kirchhausen groß wäre.

„Hat es etwas mit seinen Liebschaften zu tun?" So einfach gab Trudi nicht auf.

„Das wissen wir noch nicht. Aber so viel kann ich dir verraten: Dein Hinweis auf diese Liebeleien hat uns ein sehr wichtiges Indiz in die Hände gespielt." Henriette wusste, dass sie Trudi mit dieser Aussage ein wenig ruhig stellen konnte.

„Du hast gelogen." Arne und Henriette hatten das Café verlassen und waren auf dem Weg zu Henriettes Haus, denn dort stand noch immer Arnes Auto. „Du hast behauptet, dass uns der Hinweis auf die Liebeleien des Alten ein wichtiges Indiz gebracht hätte, nur um deiner Freundin das Gefühl zu geben, dass sie uns geholfen hat." Arne sah seine Tante tadelnd an.

„Ihr Hinweis hat uns sehr wohl geholfen", gab Henriette voller Überzeugung zurück.

„Ach ja, und wie?"

„Weil wir wussten, dass Hösselbarth Senior auch auf nicht ehelichen Pfaden unterwegs war, konnten wir Gudrun damit konfrontieren und kamen so an das rote Heft."

„Welches uns zum jetzigen Zeitpunkt genau genommen nicht im Geringsten geholfen hat", gab Arne zu bedenken.

„Noch nicht. Aber vielleicht finden wir ja doch noch etwas darin."

„Dein Wort in des Schöpfers Gehörgang. Im Moment habe ich das Gefühl, dass es überhaupt keinen Ansatzpunkt in diesem Fall gibt. Oder besser gesagt, es gibt viel zu viele Ansatzpunkte. Wir haben Firmen, die auf ihr Geld warten, und da geht es vermutlich um viel Geld. Wir haben ein ganzes Heft voller Geliebter, und bei dem Gedanken, die Damen alle unter die Lupe nehmen zu müssen, wird mir jetzt schon ganz anders. Und wir haben die Familie, die man bei Tötungsdelikten immer im Auge behalten sollte."

Sie bogen in Henriettes Straße ein.

„Ich bin mir sicher, dass du den Mord aufklären wirst", Henriette ergriff Arnes Arm und drückte ihn kurz.

Auf dem Weg zu den Hösselbarths schwiegen beide. Im Autoradio verklangen gerade die letzten Töne irgendeines 90`er Jahre Boygroup Hits, ihm folgte „Summer Nights", aus „Grease". Henriette lehnte sich in ihrem Sitz zurück und schloss die Augen. Es war ein lauer Oktoberabend gewesen, als sie und Paul diesen Film gesehen hatten. Es war im Grunde ihr erstes richtiges Date. Zwei Wochen zuvor hatten sie sich auf der Einweihungsfeier von Britta Legestätt kennengelernt. Britta war in der selben Klasse zur Ausbildung zur Pharmazeutisch-technischen Assistentin wie Henriette und Paul war ein Freund ihres älteren Bruders. Sie hatten sich in der Küche getroffen. Zwischen Nudel- und Kartoffelsalat hatten sie sich einander vorgestellt und nach dem zweiten gemeinsamen Bier wusste Henriette, dass dieser gutaussehende, charmante Mann bei der Polizei arbeitete und hoffte, eines Tages bei der Kriminalpolizei unterzukommen. Henriette traute ihm das sofort zu. Er schien den nötigen Ehrgeiz zu besitzen, ohne dabei verkniffen zu wirken. Und auch am nötigen Geist schien es ihm nicht zu fehlen. Henriette war auf der Stelle begeistert, obwohl ihr seine Art sich zu kleiden so gar nicht gefiel. Sie selbst war zu jener Zeit ganz schwer in Sachen Rock und Metal unterwegs gewesen. Damals drehte sich „Powerage" von AC/DC mehr oder weniger rund um die Uhr auf ihrem Plattenteller. Paul trug an jenem Abend eine Jeans und dazu allen Ernstes ein kariertes Hemd mit einem senffarbenen Pullunder darüber. Bei dem Gedanken daran musste Henriette still in sich hinein grinsen.

Als sich der Abend dem Ende neigte, brachte Paul sie noch nach Hause, ganz Gentleman. Sie gab ihm ihre Nummer und zwei Tage später rief er sie an und lud sie ins Kino ein. Henriette sagte zu und obwohl „Grease" sicher kein Film gewesen wäre, den sie sich ansonsten angesehen hätte, freute sie sich sehr darauf, Paul wiederzusehen. Sie saßen so dicht nebeneinander, wie die Kinosessel es eben hergaben und als John Travolta allein durch das Autokino schritt und sich nach seiner Sandy verzehrte, darauf hoffend, dass sie nach der Schulzeit wieder zueinander finden würden, griff Paul ganz vorsichtig nach Henriettes Hand und ließ sie den ganzen Abend nicht mehr los.

Arne hatte den Wagen im Hof der Hösselbarths abgestellt und den Motor ausgemacht.

„Geh du nur alleine rein. Ich warte derweil hier." Henriette fühlte sich mit einem Schlag schrecklich allein. Seit zehn Jahren war ihr Paul nun nicht bei ihr und die meiste Zeit kam sie damit auch ganz gut zurecht. Aber hin und wieder gab es eben auch noch heute diese kurzen Momente, in denen ihr Paul einfach fehlte.

„Ist gut. Es wird sicher nicht lange dauern." Arne schlug die Autotür zu und verschwand im Firmengebäude. Henriette blieb noch einen Moment im Auto sitzen und hing ihren Gedanken nach, bevor sie sich gedanklich selbst zurechtwies, die Tür öffnete, ausstieg und tief durchatmete. Gemütlich spazierte sie den Kiesweg, der das Firmengebäude, die Familienvilla und die Nebengebäude miteinander verband, entlang, als sie plötzlich ein erregtes Flüstern hörte. Neugierig folgte sie den Stimmen. Vor dem Gartenhaus der Familie standen Erik und Dani, die offensichtlich in eine hitzige Diskussion vertieft waren, die von einigen heftigen Gesten begleitet wurde. Henriette konnte nicht genau verstehen, worum es ging. Nur hin und wieder wehte eine leichte Brise ein paar Wortfetzen zu ihr herüber. Anscheinend versuchte Erik Daniela dazu zu bewegen mit ihm auszugehen. Die schien aber so gar keine Lust darauf zu haben und warf Erik giftig an den Kopf, dass sie bereits einen Freund hätte. Henriette konnte hören, wie Erik Dani daraufhin vorwarf, dass sie sich für seinen Alten nicht zu schade war. Trotz Freund. Es folgten weitere unschöne Wortwechsel, in deren Verlauf Erik gleichzeitig immer verbitterter und immer verzweifelter wurde. Am Ende ließ Dani ihn mit einem letzten „Versager!" stehen und stapfte quer über den Rasen in Richtung Firmengebäude davon. Reflexartig duckte sich Henriette in den Schatten einer riesigen Engelstrompete. Wenige Sekunden später sah sie, wie Danielas rosa Roller rasant auf die Straße einbog.

Langsam trat sie auf den Weg zurück und warf einen neugierigen Blick hinüber zum Gartenhaus. Von Erik war nichts mehr zu sehen.

Grübelnd ließ sich Henriette das eben Gehörte durch den Kopf gehen. Erik hatte sich Daniela noch immer nicht aus dem Kopf geschlagen, das war ziemlich eindeutig, aber bis dahin ja nicht weiter verwerflich. Aber einige Gesprächsfetzen, die Henriette gehört hatte, ließen ihr einen kalten Schauer über den Rücken laufen: „Ich hab das für uns getan." „Es gab nie ein uns und es wird auch kein uns geben." ... „Warum er?" ... „Weil es Spaß gemacht hat." „Mit mir kannst du auch Spaß haben."...

War das etwa ein Motiv für den Mord an Eriks Vater? Konnte es so profan sein? Hatte Erik geglaubt, wenn sein Vater aus dem Weg wäre, könnte er seinen Platz in Danielas Terminkalender einnehmen? Gelegenheiten, die Pistole und das Seil des Kronleuchters zu präparieren, hätte er mehr als genug gehabt. Er war mehrmals bei den Proben. Er hatte sogar hier und da beim Aufbau geholfen ... und technisch wäre es sicher auch kein Problem für ihn gewesen ...

Henriette stieg in den Skoda. Sie war so tief in Gedanken versunken, dass sie Arne erst bemerkte, als der sich bereits auf seinen Sitz plumpsen ließ.

Arne begann sofort Henriette von seinem Gespräch mit Wolfgang Junior zu berichten. So erfuhr sie, dass der alte Hösselbarth bei den Anschaffungen für die Freilichtbühne davon ausgegangen war, dass die Bühne so oft bespielt werden würde, dass sich das Leihen der nötigen Ausrüstung auf Dauer nicht lohnen würde, angeblich selbst dann nicht, wenn man bedachte, dass die Bühne schon aufgrund der Jahreszeiten nicht das ganze Jahr bespielbar war.

„Anscheinend dachte er, dass die Bühne von März bis Oktober rund um die Uhr in Betrieb sei", Arne zog seine Augenbrauen in die Höhe und blickte mit einem breiten Grinsen, was deutlich zum Ausdruck brachte, wie absurd er diese Idee fand, zu Henriette hinüber. Die rang sich zwar ein kleines Lächeln ab, schien aber noch immer mit ihren eigenen Gedanken beschäftigt. Das bemerkte auch Arne.

„Was ist denn los? Hast du mir überhaupt zugehört?"

„Doch, natürlich. Es ist nur ..."

„Was? Worüber zerbrichst du dir gerade deinen klugen Kopf?"

„Während du mit Wolfgang Junior gesprochen hast, wollte ich mir die Beine ein wenig vertreten. Das blöde Lied im Radio hatte mich etwas melancholisch werden lassen, und da dachte ich, es könnte nicht schaden ein paar Schritte zu gehen. Ich hab den Kiesweg Richtung Haupthaus genommen und auf Höhe des Gartenhäuschens habe ich dann plötzlich

Stimmen gehört. Stimmen, die miteinander gestritten haben."

„Wer war es? Und worum ging es?"

„Es waren Erik und Daniela. Er wollte mit ihr ausgehen, aber sie hat ihn eiskalt abblitzen lassen."

„Wir wissen doch bereits, dass Erik seit seiner Jugend ein Auge auf Dani geworfen hat.".Arne sah seine Tante verdutzt an. Er verstand nicht, warum sie das so aufwühlte.

„Das Erik noch immer mit Daniela ausgehen will ist auch nicht das, was mich so beunruhigt."

„Sondern?"

„Erik sagte: „Ich habe das für uns getan!" und „Warum er?" und sie sagte: "Weil es Spaß macht" und „Versager!", Henriette war noch immer so erschrocken über diese Aussage, dass ihre Stimme nur ein Flüstern war.

„Was hat er damit gemeint?", fragte Arne. Auch er klang jetzt ein wenig irritiert.

„Das weiß ich nicht. Der Wind stand ja auch ungünstig und so habe ich nur Teile der Unterhaltung hören können. Es kann also eigentlich alles Mögliche heißen. Und durch die Lücken im Gespräch wird es auch nicht eindeutiger."

„Aber du denkst, dass er seinen Vater umgebracht hat, um bei Dani landen zu können."

„Irgendwie schon … und irgendwie auch nicht. Ich kenne Erik zwar nicht gut, aber würde er Daniela gegenüber wirklich einfach so in einem Streitgespräch fallen lassen, dass er seinen Vater getötet hat?

Erik mag verschlagen sein, aber dumm ist er sicher nicht. Er müsste doch damit rechnen, dass Daniela sofort zur Polizei fahren würde. Andererseits wäre es für ihn kein Problem gewesen, das alles zu arrangieren. Er ist sicherlich technisch versiert, auf eine Traverse zu klettern dürfte auch kein Problem darstellen und Gelegenheiten hätte er sicher wie Sand am Meer gehabt."

Arne gab noch ein kurzes „Hm" von sich, dann schwieg er bis zu Henriettes Haus. Wie selbstverständlich begleitete er seine Tante durch das Gartentor. Noch bevor sie die Haustür erreicht hatten, kam Mrs Hudson aus einer Goldregenstaude gekrochen, reckte sich und trottete gemütlich neben den beiden zum Eingang.

„Hallo meine Liebe. Na, hast du es dir mal wieder in meinen Blumen bequem gemacht?", erklärend fügte sie an Arne gewandt hinzu: „Im Goldregen liegt sie am Liebsten." Henriette schloss die Haustür auf. „Geh doch einfach schon mal zur Terrasse durch. Ich gebe den Katzen nur schnell etwas zu Fressen und dann mache ich uns einen schönen Kaffee".

„Eine Holunder Limo wäre mir lieber."

„Auch gut, dann eine schöne, kalte Limo."

Als Henriette wenige Minuten später mit einem Krug voller Limonade und zwei mit Eis gefüllten Gläsern zu Arne auf die Terrasse trat, telefonierte der gerade mit seinem Kollegen.

Nachdem Arne das Gespräch beendet hatte und sich zu Henriette setzte, war seinem Gesicht deutlich anzusehen, dass er mit dem Ausgang des Telefonates nicht zufrieden war.

„Ich habe versucht einen Durchsuchungsbefehl zu bekommen. Ich wusste, dass das vermutlich nicht reicht, was du da gehört hast, aber ich wollte es wenigstens versuchen. Außerdem sollten mir meine Kollegen noch einmal sagen, wessen Fingerabdrücke wir wo gefunden haben. Auf der Pistole waren zwar Fingerabdrücke von Erik ...“

„Aber?“, unterbrach ihn Henriette ungeduldig.

„Aber es waren natürlich auch Abdrücke von Lisa und sogar von Jenny und einem ihrer Kinder darauf. Sowie einige weitere, von denen wir jedoch nicht genug haben, um sie zu ordnen zu können.“ Arne nahm einen großen Schluck von der Limo und fuhr sich verzweifelt durch die Haare.

„Wonach wolltest du denn in Eriks Wohnung suchen?“

„Mit mehr Glück als Verstand hätten wir vielleicht eine Rechnung über einen Fernzünder gefunden, oder eine Anleitung für den Bau einer solchen Anlage ...“

„Glaubst du wirklich, der Täter würde so etwas nicht sofort entsorgen?“, Henriette schaute ihren Neffen ungläubig an. Sie konnte sich beim besten Willen nicht vorstellen, dass ein Täter so dumm sein konnte.

„Dank moderner Technik finden wir ehrlich gesagt öfter etwas als früher. Damals hat man Beweismaterial gerne verbrannt, da war für uns dann nicht mehr viel zu holen. Heute aber findet sehr viel online und am Computer statt. Und die meisten Menschen glauben, dass es reicht, einen Browserverlauf zu löschen oder Dinge einfach in den Papierkorb zu verschieben, um sie vom Rechner verschwinden zu lassen. Ich muss dir sicher nicht erklären, dass das nicht so ist."

„Nein, musst du nicht. Ich bin zwar alt und habe mit Computern nicht wirklich viel am Hut, aber dass gute Techniker auch längst gelöscht geglaubte Inhalte auf Festplatten wieder finden können, weiß sogar ich."

Arne lächelte seine Tante an. Er wusste ganz genau, dass sie untertrieb. Sie hatte sehr wohl einen Computer und wusste auch sehr gut damit umzugehen. Sie mochte es nur nicht und deswegen stand das gute Stück die meiste Zeit ungenutzt in ihrer Leseecke. Sie hatte ihm einmal gesagt, dass sie fände, dass so einem Computer die Seele fehlen würde.

„Du denkst also, dass Erik seinen Vater getötet haben könnte?" Henriette fand das, was sie da vorhin gehört hatte zwar auch merkwürdig, aber sie konnte, oder wollte, sich Erik einfach nicht als eiskalten Mörder vorstellen.

„Ich bin es gewohnt in solchen Fällen besser gar nicht zu denken … also ich meine, natürlich denke ich, aber ich denke nicht darüber nach, wer etwas getan haben könnte oder nicht. Fakten und vielleicht eine Prise Intuition. Die Fakten sind in diesem Fall leider sehr weit gestreut. Fakt ist, Hösselbarth Senior hat eine ganze Menge offener Rechnungen hinterlassen, das dürfte weder dem Junior, der diese Rechnungen begleichen muss, noch den Gläubigern gefallen. Fakt ist auch, dass der Alte ein Tyrann und Ehebrecher war, was sowohl die Familie, als auch einige Geliebte, oder Ex-Geliebte, auf den Plan bringt. Dazu ein bisschen Eifersucht von Erik und eventuell auch von anderen Männern, deren Frauen der Alte in seinem Heft verewigt hatte. Alles in allem ein schönes, buntes Potpourri von Möglichkeiten, Motiven und Verdächtigen", erneut wuschelte Arne sich die Haare. Henriette sah ihm seine Verzweiflung deutlich an.

„Was wirst du jetzt tun?"

„Ganz ehrlich, ich weiß es nicht. Mit einem Durchsuchungsbefehl hätte ich einen konkreten nächsten Schritt machen können. Wenn wir dabei nichts Belastendes gefunden hätten, wäre die Familie immerhin ein Stück nach hinten gerutscht und die Ex-Geliebten und die Handwerker wären nach vorne gerutscht. So sind alle auf einer Linie ..."

„Und wenn wir uns ohne Durchsuchungsbefehl bei den Hösselbarths umsehen würden?"

„Wie stellst du dir das vor? Ich kann doch da nicht einfach reinspazieren und die Sachen durchsuchen."

„Ich könnte mich umsehen, während du sie mit ein paar Fragen ablenkst?", Henriette zog ihre Augenbrauen hoch und versuchte sich an einem aufmunternden Lächeln.

„Auf keinen Fall! Wenn dich jemand erwischt, wie du in irgendwelchen Papieren rumwühlst oder den Computer durchsuchst, haben wir ein wirklich großes Problem. Das könnte mich meinen Job kosten", Arne schüttelte derart heftig den Kopf, dass seine mittlerweile komplett zerstrubbelten Haare wild durch die Luft flogen.

„Und wenn ich mich alleine dort umsehe?", Henriette wollte die Möglichkeit, und sei sie auch noch so gering, etwas Belastendes zu finden, einfach nicht ungenutzt lassen.

„Nein! Das könnte extrem gefährlich werden, wenn einer der Hösselbarths tatsächlich etwas mit dem Mord zu tun hat. Und nutzen würde es mir auch nicht, weil ich so *gefundene* Beweise kaum verwerten könnte. Jeder Staatsanwalt würde mir das um die Ohren hauen."

„Du musst ja keinem sagen, woher du die Sachen hast. Vielleicht hat sie dir jemand anonym zugespielt ..."

„Deine kriminelle Energie macht mir allmählich Sorge." Arne goss sich ein weiteres Glas Limo ein und trank es in einem Zug leer. Es war im Laufe des Tages immer wärmer und vor allem immer schwüler geworden. Mittlerweile hing die Luft bleischwer über Kirchhausen.

„Im Ernst Tante Henni, es ist wirklich nett gemeint, aber ich fürchte, du kannst mir da nicht helfen. Belassen wir es dabei. Ich werde mich schon irgendwie durch den Dschungel der Verdächtigen kämpfen und am Ende auch wissen, wer den alten Hösselbarth erschlagen hat."

Henriette gab darauf keine Antwort, dachte jedoch für sich: „Ich könnte dir schon helfen, du willst es nur nicht." Und so wechselte sie kurzerhand das Thema und erkundigte sich nach Jan, dem älteren Bruder von Arne. Jan war vor 7 Jahren zu einem Praktikum nach Oulo in Finnland aufgebrochen und nicht zurückgekommen. Es hatte ihm so gut bei dem StartUp Unternehmen gefallen, dass er kurzerhand einfach dort geblieben war. Mittlerweile hatte er geheiratet und eine kleine Tochter, Suvi. Henriette hatte nur wenig Kontakt zu ihm, was sie ein wenig schade fand. Aber so war nun eben der Lauf der Dinge. Kinder, egal ob die eigenen oder die der Schwester, wurden erwachsen, gründeten eigene Familien, und wenn sie dann auch noch so weit weg wohnten, beschränkte sich der Kontakt meist auf das Mindeste. Sie wusste aber, dass Arne hin und wieder Videotelefonate mit seinem Bruder führte und so schien ihr die Frage nach Jan und seiner Familie gut geeignet, um Arne ein wenig auf andere Gedanken zu bringen. Und es funktionierte. Nachdem er berichtet hatte, dass es Jan gut ging, seine Frau, Swea, angefeuert von der Tochter, allen Ernstes für die in Oulo beheimatete Luftgitarren Weltmeisterschaft trainierte, und sie überlegten, nächstes Jahr ein paar Wo-

147

chen Urlaub in Deutschland zu machen, sah Arne tatsächlich ein wenig entspannter aus.

Als er sich wenig später verabschiedet hatte, drehte Henriette eine Runde durch ihren Garten. Voller Freude blickte sie auf ihre bunt gemischten Beete, in denen Lauch und Knoblauch zwischen den Erdbeeren sprießen und sich knall orangefarbene Ringelblumen inmitten der Kartoffeln breit machten. Ein weiteres Beet teilten sich Tomaten und Zucchini und überall wuchsen die verschiedensten Kräuter. Als ihr Blick auf einen großen Topf mit Kamille fiel, seufzte sie leise auf. Wie in jedem Jahr hatten es sich auch diesen Sommer die Blattläuse in ihrer Kamille bequem gemacht. Sie würde morgen also mit einer Seifenlauge versuchen, dem entgegenzuwirken. Henriette hatte im Grunde nichts gegen Gartenbewohner, die man landläufig als Schädlinge titulierte. Richtige Schädlingsbekämpfungmittel kamen ihr nicht in den Garten. Natürlich fanden hin und wieder Schnecken, Blattläuse und anderes Getier den Weg in ihre Beete, aber im Gegenzug gab es ja auch Igel, Vögel, Marienkäfer und Florfliegen. In der Natur hielt sich alles die Waage, so lange der Mensch sich nicht zu sehr einmischte. Davon war Henriette fest überzeugt. Aber die Kamille wollte sie für eine Tinktur haben und da waren Blattläuse leider keine Option.

Sie wollte gerade zurück zur Terrasse gehen, als Mycroft plötzlich laut miauend aus der Hecke auftauchte, um ihre Beine strich, sich dann regelrecht provokativ vor ihr niederließ und sie aus seinen gelb-grünen Augen anstarrte.

„Was? Futter und Wasser stehen in der Küche. Ist nicht meine Schuld, wenn du dich wer weiß wo herumtreibst. Aber ich bin mir sicher, dass Mrs. Hudson dir etwas übrig gelassen hat."

Henriette geleitete ihren Kater in die Küche, und während Mycroft sich murrend über die Futterreste hermachte, ging Henriette das Streitgespräch zwischen Daniela und Erik erneut durch den Kopf. Ja, es waren nur Bruchstücke, die sie gehört hatte und womöglich war das alles ganz harmlos, aber es machte sie verrückt, dass Arne nichts unternehmen konnte. Unruhig tigerte sie in der Küche auf und ab. „Verflixt noch mal!", polterte sie so unerwartet laut, dass Mycroft erschrocken den Kopf hob und sie aus großen Kateraugen anstarrte. „Entschuldige Mycroft. Ich wollte dich nicht erschrecken, aber es macht mich wahnsinnig, dass ich Arne nicht helfen kann."

„Mau?", der Kater legte den Kopf schief, als wollte er *warum nicht* fragen.

„Weil er es mir faktisch verboten hat."

„Miow Mau."

„Ja, ich weiß, dass mich so etwas eigentlich nicht interessiert." Von jeher hatte sie am liebsten da gebadet, wo „Baden verboten" war und ihre Picknickdecke dort ausgebreitet, wo der „Rasen nicht betreten" werden sollte. Das waren einfach immer die besten Plätze. „Du meinst also, dass ich einfach etwas machen sollte?", Henriette sah ihren Kater fragend an. Der hatte allerdings genug von ihrer Unterhaltung, drehte sich um und ließ Henriette allein in der Küche zurück.

„Das ist ja mal wieder typisch für dich. Erst große Sprüche klopfen und dann einfach abhauen."

Henriette atmete tief aus, schnappte sich ihren Fahrradhelm und eine Strickjacke und machte sich ein weiteres Mal auf den Weg zu den Hösselbarths.

Unterwegs dachte Henriette darüber nach, wie sie vorgehen sollte. Sollte sie einfach bei Erik klingeln, ihn in ein Gespräch verwickeln und dann mal eben für *Damen* verschwinden? Und was dann? Erik würde doch sofort merken, wenn sie statt zur Toilette in seinem Arbeitszimmer verschwand. Hatte er überhaupt ein Arbeitszimmer? Immerhin hatten die jungen Leute ja meist nur noch ein Tablet, oder Laptop mit dem sie arbeiteten. Da brauchte man kein eigenes Arbeitszimmer für. Verflixt! Sie hatte einfach nicht nachgedacht. Doch umkehren und alles abblasen kam für sie nicht in Frage. Es würde sich schon ergeben ...

Schon wenige Minuten später stellte sie ihr E-Bike bei den Hösselbarths sichtgeschützt hinter einer Hecke ab. Sie nahm nicht den direkten Weg zum Gartenhaus, sondern schlenderte leicht geduckt hinter den Hecken in Richtung der Gebäude. Wieso sie eher schlich, anstatt einfach den Weg zu nehmen, wusste sie selbst nicht so genau. Es war so ein Gefühl und Henriette hatte in ihrem Leben eines gelernt: Wann immer es ging, auf ihr Bauchgefühl zu hören.

Plötzlich blieb sie abrupt stehen. Gudrun kam gerade aus der Haustür. In der Hand hatte sie einige Zeitungen, mit denen sie zielstrebig auf einen kleinen Vorstand, der sich kaum sichtbar zwischen dem Haupthaus und den Fahrradständern für die Firmenangestellten befand, zusteuerte. Sie ging kurz hinein, kam Augenblicke später ohne die Zeitungen wieder heraus und ging zurück zur Villa. Henriette wartete noch einen Moment, dann schlich sie ebenfalls zu dem Vorstand, in dem sie die Mülltonen der Hösselbarths vermutete. Und Müll war in ihren Augen immer ein guter Ansatz, um im Leben anderer herumzuschnüffeln.

In dem kleinen Schuppen war es stickig und muffig. Der Geruch von Fäulnis lag in der Luft. Henriette rümpfte die Nase, als sie den Deckel der ersten Tonne anhob und dort auf Tüten mit diversem Restmüll stieß. Sie überlegt kurz einige der Tüten aufzureißen, entschied dann aber, dass das nur als letztes Mittel in Frage kam. Sie öffnete eine weitere Tonne und atmete erleichtert auf, als sie feststellte, dass sie dieses Mal die Altpapiertonne erwischt hatte. Oben auf lag die aktuelle Tageszeitung und einige Frauenzeitschriften. Henriette musste schmunzeln. Sie hätte nie im Leben gedacht, dass Gudrun solche Zeitungen las. Absurde Meldungen aus den Königshäusern dieser Welt und aufgebauschte, meist falsche, Informationen über diverse Prominente, oder Menschen, die sich für prominent hielten. Henriette schüttelte verwundert den Kopf. Nach und nach schob sie Zeitungen, Werbezettel und diverse Verpackungen zur Seite und arbeitete sich so Stück für Stück tiefer in die Tonne. Fast unten angekommen stutzte sie und fischte mit langen Fingern einen kleinen Karton aus der Tonne. Auf der Verpackung war eine Pistole abgebildet. Aufgeregt atmend drehte Henriette den Karton in ihren Händen und las die auf der Rückseite abgedruckte Produktbeschreibung:

„Polizeipistole; Detailgetreue hochwertige Nachbildung; Länge 18 cm; Material: Metall / Griffschale: Kunstoff; Bewegliche Teile / Magazin entnehmbar; Nicht schussfähig"

Henriette spürte, wie sich kleine Schweißperlen auf ihrer Stirn bildeten und hätte nicht sagen können, ob das an der beinahe klebrig anmutenden Luft im Schuppen lag, oder weil ihr eben gemachter Fund sie nervös werden ließ. Sie war sich absolut sicher, dass genau so eine Pistole als Auslöser für die Explosion beim Theaterstück gedient hatte. Wie kam ein Karton von eben jener Requisite in die Altpapiertonne der Hösselbarths? Hektisch kramte Henriette ihr Telefon aus ihrer Hosentasche. Natürlich konnte sie die Verpackung nicht mitnehmen. Schlimm genug, dass sie sie angefasst hatte und so eventuell wichtige Spuren zerstört hatte. Aber wenigstens ein paar Fotos konnte sie für Arne machen. Sie knipste den Karton von allen Seiten, dazu eine Nahaufnahme der Artikelbeschreibung und der Artikelnummer.

Schließlich verstaute sie die Schachtel wieder unter all dem anderen Papier in der Tonne und schlich zu ihrem Fahrrad zurück.

Die schwere, gewittrige Luft schmeckte elektrisch und Henriette schwitzte leicht, als sie ihr Rad durch ihr Gartentor schob, um es im Anbau zu verstauen. Auf der Fahrt nach Hause hatte sie darüber nachgedacht, was ihr Fund bedeuten konnte, war aber zu keinem klaren Ergebnis gekommen. Eine halbe Stunde später hatte sie Arne alles erzählt. Natürlich war er nicht im Geringsten begeistert gewesen, als Henriette ihm gebeichtet hatte, dass sie doch auf eigene Faust zu den Hösselbarths gefahren war, am Ende war er insgeheim aber doch dankbar. Denn dieser Fund machte eines klar: Jemand hatte sich ein baugleiches Modell der Requisite besorgt, denn Arne wusste, dass der Karton der originalen Pistole im Requisitenschrank der Theaterbühne lag. Blieb also die Frage: Wer? Und wie zum Henker sollte er offiziell an den Karton und eventuelle weitere Beweise kommen?

Kapitel 13

Als Mycroft von seiner morgendlichen Runde durch den Garten zurückkam, schob Henriette bereits das zweite Blech Schwarzwälder-Kirsch-Muffins in den Ofen. Die Ablenkung tat ihr gut. Seit Tagen kreisten ihre Gedanken ständig um den Hösselbarth Fall. Sie hatte ständig das Gefühl, vor einem großen Puzzle zu stehen, in dem entscheidende Teile einfach fehlten, und das machte sie schier wahnsinnig.

Sie überlegte gerade, ob sie noch einen Blechkuchen backen sollte, einfach um sich zu beschäftigen, als es an der Tür Sturm klingelte. Verdutzt wischte sich Henriette ihre Hände an ihrer Einhornschürze ab. Sie erwartete niemanden und konnte sich auch nicht vorstellen, wer sie um diese Uhrzeit besuchen sollte, umso erstaunter war sie, als sie eine völlig aufgelöste Gudrun vor ihrer Tür vorfand.

„Henriette, Gott sei Dank bist du da."

„Gudrun. Was ist denn passiert? Komm doch rein."

Henriette führte Gudrun ins Wohnzimmer.

„Setz dich doch schon mal. Ich muss nur schnell Muffins aus dem Ofen holen."

Als Henriette wenige Minuten später mit zwei Tassen Hagebuttentee ins Wohnzimmer zurückkam, saß Gudrun zusammengesunken auf der Couch. Ihre Hände spielten nervös mit dem Saum ihrer Bluse.

„So, wir trinken jetzt einen schönen Tee und dabei erzählst du mir dann in Ruhe, was passiert ist."

Gudrun nahm die angebotene Tasse Tee dankend entgegen, trank vorsichtig einen kleinen Schluck und begann dann zu erzählen.

„Gestern Abend hat eine ganze Truppe der Polizei unsere Wohnungen durchsucht, sie sagten, sie hätten den begründeten Verdacht, dass sich Tatwerkzeuge, oder Hinweise auf deren Beschaffung bei uns befinden würden. *Tatwerkzeuge!*", Gudrun war außer sich. „Die glauben wirklich einer von uns hätte etwas mit dem Tod von Wolfgang zu tun. Das ist doch absurd. Wolfgang war kein Heiliger und er war zeitweise geradezu bösartig, aber deswegen würde ihn doch keiner von uns umbringen! Erik war kaum zu bremsen, als sie am Ende sogar sein Notebook eingepackt haben."

„Haben sie denn etwas gefunden?", fragte Henriette vorsichtig.

„Ich weiß es nicht. Nachdem Erik sich so aufgeregt hat, habe ich ihn mir gegriffen und bin mit ihm eine Runde spazieren gegangen. Ich hatte wirklich Angst, dass er den Polizisten sonst an den Kragen geht. Erik war schon immer so schrecklich impulsiv."

Henriette nickte verständnisvoll und legte in Gedanken das Puzzleteil *impulsiv* zu den anderen in diesem Fall, auch wenn sie sich im Grunde nicht vorstellen konnte, dass Erik in der Lage wäre seinen Vater zu töten. Aber war es nicht Meistens so? Dass es immer diejenigen waren, von denen man es am wenigsten glaubt? Gudrun wirkte schon etwas entspannter, als sie fragte:

„Kannst du nicht deinen Neffen fragen, was das alles soll? Er leitet das doch alles, oder?".

„Stimmt, das tut er. Aber ich fürchte, dass er dir nichts dazu sagen darf, selbst wenn er schon etwas weiß."

„Henriette, bitte. Ich werde noch ganz wahnsinnig. Erst dieser grausame Anschlag auf meinen Mann, dann die ganzen Befragungen und egal, wo im Ort ich hingehe, alle starren mich an und tuscheln."

„Der Mord an Wolfgang ist eben vermutlich das Aufregendste, was diesem Ort je passiert ist. Schrecklich, aber gerade deswegen auch besonders aufregend", gab Henriette zu bedenken.

„Das mag ja alles sein", Gudrun seufzte schwer, „aber ich wünschte wirklich, dein Neffe würde den Täter bald finden, damit wenigstens die Spekulationen aufhören. Stell dir nur mal vor, als ich gestern bei Heitmeyer meine Wurst kaufen wollte, ist diese dumme neue Aushilfe vor Schreck fast umgefallen."

„Jetzt übertreibst du aber." Henriette musste schmunzeln.

„Nein, wirklich. Kaum, dass sie mich gesehen hat, ist sie kreideweiß geworden, hat erst „Huch" und dann „Bin gleich wieder da" gestammelt und ist nach Hinten in die Metzgerei verschwunden. Dafür kam dann Conny in den Verkaufsraum und die hat mich dann relativ normal bedient."

„Conny kennt dich ja auch schon seit Ewigkeiten."

„Ach, und nur dann kann man sich sicher sein, dass ich nicht gleich den Laden in die Luft sprenge?"

„Die Julia ist halt ein wenig … speziell", auch Henriette hatte bereits festgestellt, dass die neue Aushilfe der Heitmeyers zeitweise etwas neben der Spur war. Hin und wieder verwechselte sie Bestellungen, manchmal gab es etwas zu viel und manchmal aber auch etwas zu wenig.

„Speziell? Wenn du mich fragst, hat die nicht alle Latten am Zaun."

„Gudrun!", Henriette tat entsetzt, obwohl sie Gudrun insgeheim zustimmen musste.

„Was? Du weißt genau, dass ich recht habe", nun musste auch Gudrun schmunzeln.

„Mag sein. Aber nett ist es trotzdem nicht", gab Henriette lachend zurück.

„Ist ja auch egal. Kannst du wirklich nicht bei deinem Neffen nachfragen?", wechselte Gudrun zum eigentlichen Thema zurück.

„Ich kann es versuchen, aber große Hoffnung würde ich mir lieber nicht machen." Henriette stand auf und deutete Gudrun kurz zu warten. Im Flur griff sie sich das Telefon und ging zum Telefonieren in die Küche. Arne nahm bereits nach dem zweiten Klingeln ab.

Nachdem Henriette ihm ihr Anliegen unterbreitet hatte, gab Arne ihr einen kurzen Überblick über die bisherigen Ergebnisse der Hausdurchsuchung.

„Die Kollegen haben bisher nichts wirklich Relevantes gefunden. Außer natürlich der Verpackung, die du bereits im Müll gefunden hattest. Am interessantesten dürften ohnehin die Computer der Familie werden."

„Habt ihr die Computer aus der Firma auch mitgenommen?"

„Nein, die Durchsuchung war vorerst nur auf die privaten Räume begrenzt."

„Ist das nicht ziemlich unlogisch? Sollte zum Beispiel Wolfgang Junior die zweite Pistole bestellt haben, hätte er das doch auch von einem Firmencomputer aus machen können."

„Und nicht nur er. Jenny arbeitet halbtags im Büro, und auch der Rest der Familie kann problemlos an die Firmencomputer", gab Arne zu.

„Kannst du mich anrufen, wenn du etwas Genaueres weißt?"

„Du weißt aber schon, dass du weder Gudrun noch den anderen Hösselbarths etwas sagen darfst?", fragte Arne mit strengem Ton.

„Natürlich weiß ich das", antwortete Henriette mit entrüsteten Ton. „Dabei geht es ausschließlich um das Chaos in meinem Kopf. Dieser Mord macht mich ganz wuschig. Ich kann einfach nicht aufhören, darüber nachzudenken."

„In dir schlummern eben wirklich die Gene von Ururoma Käthe", Arne lachte. „Ich melde mich bei dir, sobald ich etwas weiß", versprach er Henriette noch, dann legte er auf.

Nachdem Henriette Gudrun berichtet hatte, dass es noch keine Ergebnisse gab, verabschiedete diese sich, jedoch nicht ohne Henriette zuvor herzlich fürs Zuhören zu danken und sie mehrfach zu sich einzuladen. Henriette versicherte Gudrun, dass sie die Tage bei ihr vorbeikommen würde ohne zu ahnen, dass sie schon in wenigen Stunden erneut bei den Hösselbarths sein würde ...

Am Nachmittag packte Henriette ihre Muffins in die Transportbox und machte sich auf den Weg, um sie bei Trudi abzuliefern. Die Luft war nach dem Gewitter letzte Nacht angenehm abgekühlt und so genoss Henriette den kurzen Spaziergang zu Trudis Café. Dort wurde sie sofort überschwänglich von Trudi in Empfang genommen und nach hinten in die Backstube geschoben. Schnell nahm Trudi Henriette die Muffins ab, drückte ihr eine Tasse Kaffee in die Hand und schob sie auf einen Hocker, bevor es förmlich aus ihr herausplatzte.

„Du wirst niemals erraten, was ich heute Vormittag gesehen habe", legte sie für ihre Verhältnisse ziemlich platt los, wobei ihre Wangen allerdings geradezu glühten.

„Wie sollte ich auch", lachte Henriette, die natürlich wusste, dass bei Trudi schnell aus einer Kleinigkeit eine riesige Sensation werden konnte.

„Ich war gerade dabei, das Frischkäse Lemon Curd Topping auf meinen Buttermilch Cupcakes zu verteilen, da höre ich, wie sich zwei Frauen vor meinem Fenster streiten. Erst wollte ich es einfach ignorieren, schließlich will man ja nicht als neugierig gelten, aber der Streit wurde dann so heftig, dass er sich einfach nicht ignorieren ließ."

Henriette musste ein wenig schmunzeln. Trudi als notorisch neugierig zu bezeichnen wäre vermutlich ein wenig zu hart, aber jeder im Ort wusste auch, dass Trudi dem Klatsch und Tratsch nicht abgeneigt war.

„Und worum ging es bei dem Streit?", fragte Henriette brav.

„Tja, um ehrlich zu sein, so genau weiß ich das jetzt auch nicht. Ich hab ja leider nicht alles gehört. Immer nur so Wortfetzen, weißt du", gab Trudi etwas kleinlaut zu.

„Na immerhin müssen die Fetzen ja gereicht haben, um dich aufmerksam werden zu lassen", gab Henriette zu bedenken.

„Allerdings. Vor allem, weil sich da ja nicht irgendwer gestritten hat, sondern die Jenny und die Dani."

„Ach", jetzt war Henriette ganz Ohr. Das konnte doch noch interessant werden.

„Ja, ich hatte den Eindruck, dass es irgendwie um den alten Hösselbarth ging. Also jedenfalls hab ich ganz deutlich gehört, wie die Jenny die Dani gefragt hat, was denn da zwischen ihr und dem Alten gelaufen sei. Dann wurde es zwar hitziger, aber leider auch leiser und so hab ich dann nur noch verstanden, dass die Jenny irgendwann meinte, dass die Dani sich das dumme „J" sonst wohin stecken könne und wenn sie irgendwem gegenüber auch nur eine einzige Andeutung machen würde, würde sie das bereuen", schloss Trudi ihre Erzählung und blickte Henriette dabei fragend an. „Das ist doch seltsam, oder?"

„Hm. Ich dachte immer, die zwei würden sich so gut verstehen."

„Ja, nicht? Aber ich sage dir, die sind aufeinander los, wie die Furien. Gerade, dass sie nicht handgreiflich geworden sind. Da war mächtig Zoff in der Luft. Zum Glück kam ja dann der Erik und hat die beiden getrennt."

„Das ist wirklich seltsam", stimmte Henriette zu, obwohl sie sich natürlich zumindest den einen Punkt des Streites sehr gut vorstellen konnte. Immerhin wusste sie ganz genau, was Dani mit dem alten Hösselbarth gehabt hatte und warum Jenny danach fragte. Was sie nicht einordnen konnte, war hingegen die Sache mit dem „J".

„Meinst du ich sollte das der Polizei melden?", fragte Trudi leicht unsicher.

„Ich kann es ja Arne erzählen. Dann kann er entscheiden, ob das wichtig sein könnte und gegebenenfalls auch noch einmal mit den beiden reden", schlug Henriette vor. Trudi fand diese Idee großartig, zumal sie dann nicht ganz so neugierig wirken würde, als wenn sie jetzt extra wegen dieses belauschten Streites zur Polizei ginge.

Zurück zu Hause, hatte Henriette sich gerade gemütlich in ihre Gartenliege fallen lassen um das eben Gehörte bei einer kleinen Döserei in ihr Puzzle einzufügen, als ihr Telefon klingelte. Seufzend schwang sie sich wieder aus der Liege heraus und ging in die Küche, wo ihr Telefon noch immer klingelnd auf dem Küchentisch lag.

„Weber."

„Tante Henni, endlich. Ich dachte schon du bist nicht zu Hause", erklang Arnes Stimme am anderen Ende.

„Ich war nur eben im Garten. Was gibt es denn so dringendes?"

„Einiges. Daniela Huber liegt im Krankenhaus."

„Was!? Du meine Güte, was ist denn passiert? Geht es ihr gut?", Henriette war auf einen Schlag hellwach.

„Mach dir keine Sorgen. Es geht ihr soweit ganz gut. Sie hat allerdings auch Glück gehabt. Wäre ihr Roller ein paar Meter weiter von der Straße abgekommen ..."

„Sie ist mit dem Roller verunglückt?"

„Ja, sie war wohl heute Vormittag in Kirchhausen und ist dann gegen Mittag Richtung Neustadt gefahren."

„Ich weiß, dass sie ihn Kirchhausen war."

„Woher weißt du das denn nun schon wieder?", Arne klang leicht ungläubig. Wie konnte es sein, dass seine Tante immer schon alles zu wissen schien.

„Trudi hat es mir erzählt. Sie hat Daniela und Jenny heute Vormittag bei einem riesigen Streit belauscht, der - ihrer Aussage nach - kurz davor war, ins Handgreifliche über zu gehen", berichtete Henriette und fügte in kurzen Worten den ungefähren Hergang des Streites hinzu.

„Das ist höchst interessant. Meinst du Dani hat Jenny gesagt, dass sie sich mit dem alten Hösselbarth vergnügt hat?"

„Keine Ahnung. Trudi hat jedenfalls nichts in der Richtung gehört. Aber vorstellen kann ich mir das schon. Dani kann durchaus etwas durchtrieben sein", gab Henriette zu bedenken. „Die Art, wie sie all die Jahre mit Erik umgesprungen ist und anscheinend auch noch heute umspringt, ist ja auch nicht gerade nett."

„Da hast du allerdings recht", stimmte Arne ihr zu. „Hast du irgendeine Idee, was das mit dem „J" bedeuten soll", fragte er.

„Nicht wirklich", gestand Henriette. „Aber es muss wichtig sein, sonst würde Jenny Dani sicher nicht so drohen."

„Vermutlich nicht." Arne schwieg einen Moment, bevor er fortfuhr. „Das mit dem Unfall ist aber noch nicht alles. Die Kollegen haben auf dem Notebook von Erik Hinweise auf die Requisiten Pistole gefunden."

Es dauerte einen Moment, bis Henriette sagte: „Im Grunde war es ja fast zu erwarten, dass ihr bei einem der Hösselbarths etwas findet. Immerhin muss ja der Karton irgendwie in den Papiermüll gekommen sein."

„Tja, wie dem auch sei, für mich heißt das, dass ich ein weiteres Mal raus zu den Hösselbarths fahren muss, um mit Erik zu reden … oder ihn gleich mit zum Revier zu nehmen."

„Kann ich mitkommen?"

„Würde es etwas nutzen, wenn ich N*ein* sagen würde?"

„Eher nicht."

„Dachte ich mir. Ich hole dich in einer halben Stunde ab."

Kapitel 14

Als Arne wenig später seinen Wagen vor dem Haus der Hösselbarths parkte und sich direkt in Richtung des Gartenhauses aufmachte, folgte Henriette ihm nicht sofort. Jenny stand in der ersten Etage an einem halb geöffneten Fenster und war offensichtlich in ein Telefonat vertieft. Es ging um Geld, das konnte Henriette deutlich hören. Vermutlich muss sich die Arme um die offenen Rechnungen ihres Mannes kümmern, dachte Henriette mitfühlend, bevor sie ebenfalls zum Gartenhaus hinüber ging.

Dort hatte Erik bereits die Tür geöffnet und bat Arne freundlich, aber erstaunt hinein. Henriette beschleunigte ihre Schritte und schlüpfte schnell hinter Arne durch die noch offene Tür.

„Herr Voß, Sie und ihre Kollegen scheinen sich bei uns langsam wirklich wohlzufühlen", eröffnete Erik das Gespräch. Ihm war deutlich anzuhören, dass er die Dauerbelagerung und Befragung durch die Polizei langsam leid war. „Womit kann ich Ihnen denn heute dienen?"Der Unterton in seiner Stimme war mehr als eisig und ließ keinen Zweifel darüber, dass er alles andere als erfreut war Arne schon wieder gegenüberzustehen.

„Nun Herr Hösselbarth, wie Sie ja wissen, haben meine Kollegen gestern einige Unterlagen und technische Geräte beschlagnahmt. Unter anderem ja auch ein Notebook von Ihnen."

„Natürlich weiß ich das. Ich war ja dabei, als ihr Rollkommando hier alles auseinandergenommen hat." Dieser Satz hätte einen See gefrieren lassen können, so wie Erik ihn Arne praktisch entgegen zischte.

„Uh", dachte Henriette, „der ist jetzt aber mal so richtig sauer."

„Schön", Arne schien völlig unbeeindruckt und fuhr seelenruhig fort. „Und auf eben jenem Notebook haben unsere Techniker einen Browserverlauf gefunden, der den Anlass für meinen heutigen Besuch bei Ihnen bildet."

„Ach, und was wäre das für ein Verlauf?"

„Der, in dem sich jemand, und da es sich ja um Ihr Notebook handelt gehe ich davon aus, dass Sie derjenige waren, sehr intensiv mit Requisitenpistolen auseinandergesetzt hat, um am Ende die Seite in die Lesezeichenliste aufzunehmen, auf dem es genau um das Modell geht, dass bei der Theateraufführung zum Einsatz kam. Dazu kommt dann die Verpackung einer solchen Pistole, die meine Ta … also, die unser Team im Papiermüll hier auf dem Grundstück gefunden hat. Da wir ja bereits seit einiger Zeit wissen, dass der Anschlag mittels einer präparierten Pistole durchgeführt wurde, muss ich Sie natürlich fragen, wieso Sie sich eine modellgleiche Requisite besorgt haben?"

„Ich habe mir keine modellgleiche Pistole bestellt."

„Und wieso gibt es dann das Lesezeichen?"

„Weil ich mich für die Mädels von der Theatergruppe darum gekümmert habe. Die Lisa kam irgendwann auf mich zu und hat mich gefragt, ob ich wüsste, wo man eine „richtig schicke" Requisitenpistole herbekommen würde. Sie meinte, dass Max eine angebracht hätte, die er mal für ein Karnevalskostüm besorgt hatte und das die aber „unterirdisch nach Kinder-Plastik-Pistole" aussehen würde und dass sie damit auf keinen Fall auf die Bühne gehen würde. Also habe ich ihr versprochen, mal im Netz zu schauen, was es da so gäbe. Es sollte möglichst echt aussehen, sich am besten noch „benutzen lassen", Sie wissen schon, Magazin raus nehmen, Abzug drücken können, so Sachen halt. Aber es durfte eben auch nicht zu teuer sein." Eriks Miene entspannte sich sichtlich, während er Arne erklärte, wie die Sachen auf sein Notebook gekommen waren. Henriette war sofort überzeugt, dass er sie nicht anlog.

„Und was ist mit der Verpackung, die wir hier im Müll gefunden haben? Soweit ich informiert bin, ging die Bestellung einiger Requisiten, darunter auch die der Pistole, an Susi

Klinghofer. Genauer gesagt an die Apotheke, in der sie arbeitet", Arne sah Erik ruhig, aber doch sehr bestimmt an.

„Dazu kann ich leider nichts sagen. Ich habe Lisa lediglich die Seite mit meiner favorisierten Pistole ausgedruckt und ihr bei einer der ersten Proben gegeben. Was sie dann damit gemacht hat und wer das Teil schlussendlich bestellt und bekommen hat, keine Ahnung. Ich wusste bis eben ja nicht mal, dass man so einen Karton bei uns gefunden hat. Im Papiermüll haben Sie gesagt?", Erik schien wirklich erstaunt.

„Genau."

„Seltsam ist das natürlich schon. Es sei denn, jemand hätte den Karton aus dem Requisitenschrank der Bühne geklaut und uns untergeschoben. Oder eben den Karton einer weiteren Pistole hier abgeladen. Aber wer sollte das tun? Und wie sollte derjenige wissen oder sicherstellen, dass die Polizei unseren Müll durchwühlt ...", Erik verstummte. Henriette konnte ihm förmlich im Gesicht ablesen, wie es in ihm arbeitete.

„Zu Recht", dachte Henriette. Denn wenn Erik ihnen nicht gerade einen riesigen Bären aufgebunden hatte, lag es nahe, dass hier jemand absichtlich versuchte, der Familie Hösselbarth den Mord an Hösselbarth Senior unterzujubeln.

„Sie sagen also, dass Sie keine Ahnung haben, wie der Karton in ihren Müll gekommen ist?", fragte Arne erneut.

„Wie gesagt, ich habe nur recherchiert. Mehr weiß ich nicht."

„Nun gut, dann würde ich Sie bitten, sich für die Polizei zur Verfügung zu halten. Sie wissen schon, keine spontane Reise nach Kuba."

„Und was ist mit Peru? Das würde mich viel mehr interessieren", Erik grinste Arne von der Seite an.

„Ich muss Sie enttäuschen, leider auch kein Trip nach Peru. Nicht einmal an die Ostsee. Sie bleiben einfach hier bei uns im schönen Kirchhausen", auch Arne grinste nun.

„Schon klar. Sollte ja auch nur ein kleiner Scherz sein", jetzt blickte Erik wieder sehr ernst. „Ich werde natürlich hier bleiben. Ob Sie es glauben oder nicht, ich habe mit dem Tod meines Vaters nichts zu tun und ich bin genauso wild darauf herauszubekommen, wer meinen Vater auf dem Gewissen hat, wie Sie", Erik verzog nun keine Miene. Er wirkte angespannt und sehr konzentriert. „Wissen Sie, mein Vater konnte ein ausgesprochenes Arschloch sein und ich hatte ganz sicher nicht immer ein gutes Verhältnis zu ihm, aber den Tod habe ich ihm nie gewünscht."

Arne nickte. Er glaubte Erik, obwohl er es eigentlich nicht unbedingt sollte. Arne hatte während seiner Zeit als Polizist schon viele Lügen gehört. Manche Menschen konnten so überzeugend lügen, dass nicht einmal ein Lügendetektor sie auffliegen lassen konnte. Das musste Arne immer im Hinterkopf be-

halten. Bauchgefühle waren etwas für Krimige-
schichten, nicht für echte Polizeiarbeit.

„Also gut Herr Hösselbarth. Wir werden natürlich
überprüfen, ob das alles so war, wie Sie es uns erzählt haben und vielleicht kommen wir auch noch
einmal mit neuen Fragen auf Sie zu."

„Sie können jeder Zeit zu mir kommen."

Arne nickte erneut, verabschiedete sich und machte sich auf den Weg zurück zum Auto. Henriette
wollte ihm gerade folgen, als ihr noch etwas einfiel.

„Ach, Erik? Ich hätte da noch eine kurze Frage."

„Und die wäre?", Erik blickte Henriette mit
freundlich strahlenden Augen an.

„Du warst heute Vormittag in Kirchhausen."

„Das klingt nicht nach einer Frage Henriette, sondern nach einer Feststellung."

„Stimmt. Tut mir leid. Was ich eigentlich wissen
wollte, ist ob es stimmt, dass du einen Streit zwischen Jenny und Dani gestoppt hast." Ein wenig
unangenehm war Henriette diese Situation schon.
Sie wollte auf keinen Fall als Klatschtante gelten,
aber vielleicht wusste Erik ja mehr über den Grund
des Streites.

„Wenn du wissen willst, ob ich heute früh verhindert habe, dass die beiden sich gegenseitig die Haare
ausreißen oder Schlimmeres ... ja, das habe ich. Ich
war gerade auf dem Weg zur Apotheke, um für Gudrun so einen Nerven-Tee zu besorgen. Sie hat mich
darum gebeten, weil sie selbst im Moment nicht so
gerne nach Kirchhausen geht. Sie meint, die Leute

würden sie seltsam behandeln und anstarren und dass würde sie fertigmachen. Also bin ich für sie gefahren. Ich hab meinen Wagen an der Bahnhofstraße abgestellt, um zu Fuß zur Apotheke zu gehen, und als ich dann hinter Trudis Café war, hab ich gehört, wie sich wer streitet. Und das ziemlich heftig. Also bin ich um die Ecke, um nachzusehen, ob man da eingreifen sollte und da hab ich dann gesehen, wie die Jenny und die Dani förmlich aufeinander los sind. Also bin ich dazwischen gegangen, bevor noch jemand ernsthaft verletzt worden wäre."

„Hast du eine Ahnung, worüber sich die beiden so gestritten haben? Ich dachte immer, die beiden seien gut befreundet."

„Naja, ich würde mal sagen, dass die beiden eher gute Bekannte waren. Sicher, sie sind ab und an zusammen ins Kino oder in die Disco und so Sachen, aber wahre Freundschaft war das meiner Meinung nach nicht. Und warum die sich so gefetzt haben … keine Ahnung. Irgendwer sollte irgendetwas nicht erfahren, oder so …", Erik kratzte sich nachdenklich am Kinn, aber anscheinend brachte ihn das einer Lösung auch nicht näher, denn er schwieg noch eine ganze Weile, bis er Henriette plötzlich direkt in die Augen sah, um mit: „Na jedenfalls hab ich die beiden zur Ruhe gebracht. Dani ist dann Richtung Marktplatz weg und Jenny wollte direkt nach Hause."

Henriette spürte, dass es an der Zeit war, die Fragerei zu beenden. Aber eine Sache musste Henriette dann doch noch wissen.

„Hast du schon gehört, dass Dani einen Unfall hatte?"

„Ja, sicher. Du weißt doch, dass sich solche Neuigkeiten hier schneller verbreiten, als der japanische Shinkansen von A nach B fahren kann", er grinste kurz schief, bevor sein Gesicht wieder ernst wurde. „Ich hab gehört, dass sie ganz schön Glück gehabt haben soll, weil der Unfall wohl noch vor dem Steilhang passiert ist."

„Die Polizei untersucht den Unfallhergang wohl ganz genau. Ich habe die Ersten munkeln gehört, dass es eventuell einen Zusammenhang zwischen ihrem Unfall und dem Mord an deinem Vater geben soll ...", Henriette beobachtete Eriks Reaktion auf das eben Gesagte ganz genau.

„Das ist doch Quatsch! Erstens, was sollte Dani schon mit meinem Vater zu tun gehabt haben, außer dass sie auf unseren Sommerfesten mal ein Wort miteinander gewechselt haben, und zweitens, passieren auf unseren Straßen jeden Tag Unfälle. Und so aufgebracht, wie Dani nach dem Streit mit Jenny war, wundert es mich nicht, dass sie vermutlich unkonzentriert, und so wie ich sie kenne, auch viel zu schnell unterwegs war. Das war sie nämlich gerne. Zu schnell meine ich."

Im Großen und Ganzen glaubte Henriette Erik. Was er erzählte, passte perfekt zu dem, was Trudi gehört und gesehen hatte. Nur bei der Frage nach Dani und ihrem Verhältnis zu seinem Vater war sie sich sicher, dass Erik sehr wohl wusste, wie nahe sich die beiden gestanden hatten. Die von ihr neulich aufgefangenen Wortfetzen zwischen Dani und Erik ließen eigentlich kaum einen anderen Schluss zu.

„Wenn du keine weiteren Fragen hast, würde ich gerne wieder rein gehen. Ich wollte mir eigentlich gerade das Fußballspiel ansehen, als ihr geklingelt habt", Erik linste hinter sich in Richtung des auf stumm geschalteten Fernsehers, in dem der Schiedsrichter gerade mit großer Geste den Videobeweis anforderte.

„Natürlich. Entschuldige. Danke für deine Zeit."

„Wie gesagt: Kein Problem. Ich will ja schließlich auch, dass ihr den Mörder meines Vaters findet", Erik berührte Henriette zum Abschied am Unterarm, bevor er hinein ging, sich in einen Sessel plumpsen ließ und den Ton des Fernsehers wieder einschaltete.

Arne, der am Auto auf Henriette gewartet hatte, blickte sie fragend an, als sie sich kurze Zeit später in den Beifahrersitz fallen ließ.

„Ich hab Erik nur noch Mal nach der Streiterei heute Morgen gefragt."

„Und? Hast du etwas Interessantes herausbekommen?".

„Ja und nein. Ich denke, dass Erik nichts von den vielen Verhältnissen seines Vaters wusste. Ich bin mir nicht einmal sicher, ob er sich über das Ausmaß der Beziehung von seinem Vater zu Daniela Huber bewusst ist. Er weiß, dass da was war, aber weiß er auch, wie intim es wirklich war? Keine Ahnung. Aber ich denke auch, dass er wirklich will, dass du den Mörder seines Vaters findest."

„Den Eindruck habe ich auch. Oder er kann sich wirklich sehr gut verstellen", stimmte Arne zu. Kurz vor der Ortseinfahrt von Kirchhausen klingelte sein Telefon. Arne nahm das Gespräch an und über die Freisprechanlage konnte Henriette mithören, wie einer seiner Kollegen ihm neue Informationen über den Unfall von Daniela Huber mitteilte. Erste Untersuchungen am Unfallort und an ihrem Roller legten wohl nahe, dass an dem Roller rumgefummelt wurde und das Dani wirklich Glück gehabt hatte.

„Also war der Unfall tatsächlich kein Zufall. Jemand wollte, dass Dani sich verletzt oder vielleicht ja sogar, dass sie stirbt", fasste Henriette das Gehörte zusammen, nachdem Arne das Gespräch beendet und versichert hatte, dass er heute noch im Revier vorbeikommen würde. Ihrer Stimme war deutlich anzuhören, dass sie das nicht glauben wollte. War der Tod vom alten Hösselbarth denn nicht schon schlimm genug?

„So sieht es jedenfalls im Moment aus", bestätigte Arne.

„Meinst du, dass das mit dem toten Hösselbarth zusammenhängt?"

„Mit absoluter Sicherheit kann ich das natürlich nicht sagen, aber ich denke schon. Es wäre ansonsten schon ein enormer Zufall, dass es in einem normalerweise so friedlichen Ort wie Kirchhausen auf einmal plötzlich mehrere, von einander unabhängige, Mordanschläge geben soll."

Arne parkte den Skoda vor Henriettes Haus.

„Ich nehme mal an, dass du nicht noch mit hinein kommst?", fragte Henriette, während sie den Gurt löste.

„Nein Danke. Du hast ja gehört, da wartet noch einiges an Arbeit auf mich."

„Arbeite nicht wieder so lange", ermahnte Henriette ihren Neffen, wohl wissend, dass diese Aufforderung völlig sinnlos sein würde. Arne würde vermutlich auch an diesem Abend erst dann aufhören zu arbeiten, wenn ihm die Augen zufielen. So war er schon immer, wenn er sich an einer Sache festgebissen hatte, gab es für ihn kein Zurück und auch keine Pause. „Eigentlich kein Wunder, dass da kein Platz für eine Freundin blieb", dachte Henriette traurig, während sie ausstieg.

„Versprochen. Direkt nach dem Sandmännchen geht's ab ins Bett", ein breites Grinsen machte sich in seinem Gesicht breit. Henriette schloss kopfschüttelnd die Beifahrertür, murmelte „Spinner" und trat wenig später durch ihr noch immer quietschendes Eingangstor in ihren Garten.

Ihr Haus empfing sie mit einer angenehmen Kühle. Henriette ließ ihre Schuhe in eine Ecke gleiten, ging ins Schlafzimmer und zog sich einen bequemen, luftigen Hausanzug an, dessen Muster sich aus diversen Korallen und Seepferdchen zusammensetzte. Barfuß ging sie durch die Küche hinaus in ihren Garten, um sich für ihr Abendessen ein paar frische Tomaten zu pflücken. Auf dem Weg zu ihrem Gemüsebeet kamen ihr erst Mycroft und dann auch Mrs. Hudson entgegen, schwänzelten um ihre Beine und rieben ihre Köpfe an ihren Schienbeinen.

„Ja ja, ich weiß. Ich habe euch auch vermisst." Mycroft gab ein kräftiges, lang gezogenes „Miauu-uu" von sich, ließ Henriettes Beine frei und trottete demonstrativ in Richtung Küche.

„War ja klar, dass du mich nur vermisst hast, weil du alleine nicht an dein Futter kommst. Treuloser Kater. Und was ist mit dir", fragend blickte sie auf Mrs. Hudson. „Liebst du mich auch nur, wenn ich dir dein Fressen serviere?"

„Mau". Fast bekam Henriette den Eindruck, Mrs. Hudson würde sie, ob einer so bodenlosen Unterstellung, völlig entrüstet ansehen. Sie bückte sich zu ihrer Katze hinunter, kraulte sie liebevoll hinter den Ohren und flüsterte ihr ein: „Entschuldige. Natürlich ist es nicht nur das Futter, dass dich bei mir bleiben lässt", zu. Mycroft war mittlerweile an der Tür zur Küche angekommen und untermauerte seine Forderung nach sofortigem Futter mit einem weiteren lauten „Miau".

„Ich denke, er wird es überleben, wenn ich mir erst meine Tomaten hole, oder?"

Ohne auf das Gejammer des Katers zu hören, ging Henriette sich eine Handvoll ihrer „Roten Murmel

Tomaten" pflücken. Henriette hatte die Samen für diese alte, süße Cocktailtomate vor vielen Jahren von einer guten Freundin aus der Schweiz bekommen. Diese schwor nicht nur wegen des phantastischen Geschmacks auf diese Sorte, sonder auch, weil sie durch ihre resistente Art sehr gut für Freilandhaltung geeignet war. Henriette versuchte immer, sich alte Samensorten zu besorgen. Einmal war sie sogar auf eine Samenbörse nach Österreich gefahren. Die Vorstellung, aufgrund der immer weiter überzüchteten Hybrid Samen eines Tages nur noch zwischen im Grunde mehr oder weniger gleich schmeckenden Sorten wählen zu können, missfiel ihr ebenso wie die Tatsache, dass man aus solchen Sorten keine Samen für eigene Nachzüchtungen bekam. Neben ihrer „Roten Murmel" fanden sich noch einige, über Generationen vererbte, Stauden „Harzfeuer", deren Geschmack mit der heute auf dem Markt verkauften gleichnamigen Sorte nicht im Geringsten zu vergleichen war, in ihrem Garten. Für ihre selbstgemachten Tomatensaucen schwor sie seit zwei Jahren auf „Babuschka", einer aus Russland stammenden Fleischtomate, die erstaunlich wenig Kerne enthielt.

Gemeinsam mit Mrs. Hudson ging Henriette zurück. Mycroft hatte sich bereits demonstrativ vor den Fressnäpfen niedergelassen und blickte Henriette aus seinen gelb-grünen Augen erwartungsvoll an. Man sah ihm an, dass dies ein Moment war, in dem er keinen Spaß verstand, also legte Henriette ihre

Tomaten vorsichtig neben die Spüle und öffnete den Katzen zuerst eine Dose ihrer Lieblingssorte, *Ente und Lachs*, bevor sie sich selbst zwei dicke Scheiben Bauernbrot abschnitt, die Tomaten kurz abspülte und beides zusammen mit Butter, Salz und Pfeffer hinaus auf die Terrasse trug.

Voller Genuss schob sie sich eine erste Tomate in den Mund, ließ sie in ihrem Mund zerplatzen und erfreute sich an dem vollen, süßlichen Geschmack.

„Ah, es geht doch nichts über Gemüse aus dem eigenen Garten." Henriette leckte sich zufrieden über ihre Lippen, griff nach einer Scheibe Brot, die sie großzügig mit Butter bestrich, bevor sie einen großen Bissen abbiss. Sie lehnte sich gemütlich zurück und ließ ihren Blick zufrieden über ihren Garten schweifen, in dem sich unzähliges Kleingetier tummelte.

Henriettes Lider wurden schwer und nur kurze Zeit später war sie eingedöst. Sie bekam weder mit, wie sich die Sonne immer weiter gen Horizont neigte, noch bemerkte sie, wie eine dunkel gekleidete Gestalt langsam und geduckt die Straße entlang huschte, vor Henriettes Haus kurz verharrte, bevor sie vorsichtig nach der Gartentür griff, um sie langsam zu öffnen. Es quietschte.

An der Hausecke blieb die Gestalt erneut stehen, nestelte einen schmalen Schal aus ihrer Hosentasche, wog ihn in ihren Händen ab, nickte zufrieden und schlich Schritt für Schritt auf Henriette zu.

Dann ging plötzlich alles ganz schnell. Wie aus dem Nichts schoss ein schwarzes Etwas durch die Luft und stürzte sich wild hackend auf die Gestalt. Beinahe gleichzeitig sprang Mycroft laut fauchend aus der Küche auf die Terrasse und hechtete dem Angreifer von hinten in die Beine, während Mrs. Hudson zunächst auf den Tisch sprang, um sich von dort einen Sprungvorteil für die obere Körperhälfte des Gegners zu sichern. Doch soweit sollte es gar nicht mehr kommen. Henriette, die durch das ganze Durcheinander natürlich wach geworden war, hatte sich inzwischen aus dem Stuhl aufgerappelt. Doch noch bevor sie sich ihrem Angreifer selbst entgegenstellen konnte, ergriff dieser, unter weiteren Attacken der tierischen Helfer, die Flucht. Henriette sah der flüchtenden Person nur noch hinterher. Ihr war sofort klar, dass sie keine Chance haben würde, diese einzuholen und so ließ sie sich mit leicht zittrigen Knien wieder in ihren Stuhl fallen. Mrs. Hudson hüpfte ihr in den Schoß und blickte sie fragend aus ihren tief grünen Augen an. Sanft begann Henriette die Katze zu streicheln und spürte augenblicklich, wie sie sich beruhigte. Nur wenig später kam Mycroft mit stolzgeschwellter Brust um die Ecke getigert. Dicht über ihm flatterte Munin. Während Mycroft sich, offensichtlich zufrieden mit seiner geleisteten Arbeit, neben Henriettes Füßen zusammenrollte, landet Munin auf dem Gartentisch. Sein Blick wanderte unruhig umher. Es war nicht zu übersehen, dass der noch immer völlig aufgewühlt war.

„Alles gut Munin. Ihr habt mich tapfer und erfolgreich verteidigt. Ich bin mir sicher, dass ihr den Angreifer in die Flucht geschlagen habt … jedenfalls fürs Erste", fügte sie leise zu sich selbst murmelnd hinzu. Plötzlich verharrte Munins Blick, er legte seinen Kopf leicht schräg und hob dann mit kräftigen Flügelschlägen ab.

„Was ist los? Wo willst du denn hin?" Irritiert blickte Henriette dem Rabenvogel hinterher. Der flog nicht wirklich weit, sondern landete bereits kurz hinter ihrem Gartentor auf dem Gehweg. Dann sprang er zum Bordstein, pickte dort nach etwas, hob ab und kehrte zu Henriette zurück. Erneut landete Munin neben Henriette auf dem Tisch und ließ das, was er gerade aufgepickt hatte, vor ihr fallen. Neugierig betrachtete Henriette Munins Fundstück und staunte nicht schlecht.

„Das ist jetzt aber mal wirklich interessant. Du bist ein wirklich schlauer Vogel, Munin. Ein wirklich schlauer Vogel." Henriette nickte anerkennend, während der Rabe ein lautes „Krah" von sich gab.

„Hier, die hast du dir mehr als redlich verdient", Henriette kramte eine Nuss aus ihrer Hosentasche, kraulte den Vogel vorsichtig am Kopf, was dieser sichtlich genoss, bevor er sich kurz schüttelte, um sich dann voller Begeisterung seiner Nuss zu widmen.

Diese extra Leckerei löste bei Mycroft und Mrs. Hudson Begehrlichkeiten aus. Beide Katzen richteten vernichtende Blicke auf Henriette und sie hätte schwören können, dass beide exakt das Selbe dachten: „Warum bekommt der dumme, schwarze Vogel eine Leckerei und wir nicht? Wir haben dich genauso verteidigt wie er!"

„Meine Güte, jetzt schaut mich nicht so an. Natürlich bekommt ihr auch etwas", Henriette erhob sich aus ihrem Stuhl und machte sich in Richtung Küche auf. Jedoch nicht, ohne zuvor Munins Mitbringsel in ihrer Hosentasche zu verstauen ...

Nachdem sie ihren beiden heldenhaften Samtpfoten eine ganze Dose Thunfisch serviert hatte, ging sie hinüber ins Wohnzimmer, ließ sich in ihrem Lieblingssessel nieder, holte das kleine Fundstück aus ihrer Tasche und ließ es gedankenverloren durch ihre Hände gleiten.

Sie wusste, dass sie eigentlich augenblicklich Arne hätte anrufen sollen, aber da ihr klar war, dass der sich dann sofort in sein Auto gesetzt hätte und zu ihr gefahren wäre, ließ sie es sein. Arne hatte in den letzten Tagen wirklich viel zu wenig Schlaf bekommen. Henriette glaubte nicht daran, dass der Angreifer heute erneut sein Glück versuchen würde, dennoch schloss sie alle Türen und Fenster sorgfältig ab und schob sogar den Sicherheitsriegel an ihrer Haustür vor, den Arne ihr nach dem Tod von Paul aufgedrängt hatte, den sie bis zum heutigen Tag jedoch noch nie benutzt hatte. Kirchhausen war für Henriette bisher kein Ort gewesen, an dem man einen solchen Riegel gebraucht hätte. Hier konnte man die Fenster auflassen, wenn man ausging, die Türchen und Tore zu den Gärten waren niemals abgeschlossen und oftmals schlossen die Bewohner nicht einmal ihre Eingangstür ab, wenn sie kurz zum Bäcker, zum Metzger oder in die Kirche gingen. Henriette hoffte inständig, dass der Tod des alten Hösselbarth diese Idylle nicht zerstört hatte.

 **Kapitel 15**

Der nächste Tag begann für Henriette unerfreulich früh. Die halbe Nacht hatte sie sich unruhig hin und her gewälzt und in der anderen Hälfte hatten sie psychodelisch anmutende Träume gehabt, in denen Munin, Mycroft und Mrs. Hudson mit Pistolen bewaffnet, auf einem rosa Roller auf der Seebühne einem Dementor ähnlichem Phantom hinterher rasten, während Hösselbarth Junior und Senior gemeinsam mit Gudrun und Jenny um den alten Kronleuchter tanzten. Und als ob all das nicht schon seltsam genug gewesen wäre, hing sie, zusammen mit Arne, oben in der Traverse. Typischen barocken Engeln nicht ganz unähnlich. Zum Glück waren sie dabei weder nackt, noch mit Liebespfeilen ausgestattet.

So war es auch nicht verwunderlich, dass sie, um weiteren Traumattacken zu entgehen, im ersten Morgengrauen aufstand und sich mit einer Tasse Kaffee, deren Größe nur knapp unterhalb eines halben Basketballes lag, in ihren Lieblingssessel kuschelte. Es dauerte nicht lange, bis Mrs. Hudson sich aus ihren Körbchen auf den Weg zu Henriette machte, natürlich nicht, ohne sich dabei ausgiebig zu strecken, um sich schließlich genüsslich schnurrend auf ihrem Schoß zusammenzurollen. Henriette lächelte. Das gleichmäßige Schnurren und die damit verbundenen leichten Vibrationen vertrieben auch die letzten Gedanken an die Grauen der letzten Nacht und die des gestrigen abends. Henriette seufzte. Sie wusste, dass sie Arne anrufen und ihm alles erzählen sollte, aber ein Blick auf die Uhr an der Wand ließ sie zu dem Entschluss kommen, dass das noch etwas warten konnte. Fünf Uhr war wirklich sehr früh. Auch wenn sie wusste, dass Arne ein Frühaufsteher war, hoffte sie doch, dass er endlich zu ein wenig Schlaf gekommen war und wollte ihn auf keinen Fall zu früh wecken.

Als Henriette gute zwei Stunden später zum Telefon griff, war sie erleichtert, dass Arne bereits nach dem zweiten Klingeln abhob.

„Tante Henni, ist was passiert?"

„Guten Morgen Arne. Wieso denkst du, dass etwas passiert ist?"

„Naja, für einen reinen Höflichkeitsanruf ist es irgendwie noch ziemlich früh würde ich sagen."

Henriette konnte förmlich sehen, wie Arne seinen Augenbrauen verzog. Sie seufzte, atmete kurz tief ein und erzählte dann, was ihr am gestrigen Abend passiert war.

„Um Himmels Willen, Henni, geht es dir gut?", es war nicht zu überhören, wie aufgebracht Arne war.

„Aber sicher geht es mir gut."

„Ganz ehrlich?"

„Ja, ganz ehrlich. Soll ich es dir schwören?", Henriette konnte ich ein leichtes Grinsen nicht verkneifen.

„Das ist kein Spaß Tante Henriette. Du bist angegriffen worden. In deinem eigenen Garten!" Arne war wirklich außer sich, das war deutlich zu hören.

„Und ich bin heldenhaft verteidigt worden", lächelnd kraulte sie Mrs Hudson, die noch immer dösend in ihrem Schoß lag.

„Warum werde ich das Gefühl nicht los, dass du das Ganze nicht ernst genug nimmst?"

„Das täuscht. Ich garantiere dir, dass ich es sehr ernst nehme. Ich habe kaum geschlafen und ich habe gestern Abend sogar alle Fensterläden geschlossen."

„Gut … In einer guten halben Stunde bin ich bei dir."

„Aber wieso denn."

„Keine Widerrede. Ich bringe die Brötchen, du machst den Kaffee." -Klick-

Noch bevor Henriette etwas erwidern konnte, hatte Arne bereits aufgelegt.

Natürlich war ihr von vornherein klar gewesen, dass Arne sich sofort auf dem Weg machen würde, wenn sie ihm erst einmal von dem gestrigen Überfall erzählt hatte, aber ein wenig unwohl fühlte sie sich dennoch. Sie stand einfach nicht gerne so im Mittelpunkt. So hilflos. Sie mochte den Gedanken als alte, schwache Frau gesehen zu werden nicht. War sie ja auch nicht. Sie machte regelmäßig Frühsport, fuhr mit dem Rad, lebte relativ gesund und Dr. Winter bestätigte ihr bei jeder Untersuchung, wie fit sie war. Sie war vielleicht alt … irgendwie, aber sie war nicht *so* alt! Basta!

Mit forschem Schritt ging sie in die Küche, um alles für das Frühstück mit Arne herzurichten. Sie war gerade dabei, Marmelade und Honig auszusuchen, als Mycroft zu ihr kam. Zunächst strich er ihr schmeichelnd um die Beine, um alsdann in ein lautes, klägliches Miauen zu verfallen, welches Henriette eindringlich zu verstehen geben sollte, dass es wirklich höchste Zeit für das Frühstück war.

„Ich wünsche dir auch einen schönen guten Morgen", lächelnd stellte Henriette erst eine Holunder-Zitronen-Marmelade und ein Glas Wald-Honig auf den Frühstückstisch, um sich dann dem Katzenfutter zu widmen.

„*Huhn mit Lachs* oder *Ente mit Rind*?" Strahlend hielt sie dem Kater zwei Tüten Futter hin. Mycroft schien von der überschwänglichen Begeisterung Henriettes für zwei einfache Tüten Katzenfutter wenig begeistert. Träge trat er ein paar Schritte an Henriette heran, beäugte beide Päckchen erst misstrauisch, dann missbilligend, gab ein beinahe empört klingendes „Maauu" von sich und setzte sich dann demonstrativ vor den Schrank, aus dem Henriette gestern die Dose mit dem Thunfisch geholt hatte.

„Oh nein, mein Lieber, das kannst du vergessen."

„Mau."

„Huhn oder Ente. Thunfisch steht nicht zur Debatte."

„MAU!"

„Das gestern war eine Ausnahme. Also? Huhn oder Ente?", erneut hielt sie dem Kater die beiden Tüten mit dem Katzenfutter vor die Nase.

Sichtlich unbegeistert entschied Mycroft sich schließlich aber doch für *Ente mit Rind in feinstem Gelee.*

„Ah, sicherlich eine gute Wahl … jedenfalls wenn man dem Hersteller glauben darf." Henriette schmunzelte und füllte die ganze Tüte in Mycrofts Napf. Ein Umstand, der den Kater ein wenig zu besänftigen schien, gab Henriette ihm sonst doch zunächst immer nur eine halbe Portion, für den Fall, dass der Kater plötzlich keine Lust mehr auf sein Futter hatte. Mehrfach hatte Henriette den halben Napf entsorgen müssen, weil natürlich weder Mycroft noch Mrs Hudson Futter anrühren würden, das die unverschämt lange Zeit von mehr als 15 Minuten offen in der Küche gestanden hatte.

Gerade hatte Henriette Zucker und ein Kännchen Milch zum Frühstückstisch gebracht, da klingelte es praktisch Sturm.

„Ist ja gut, ich komme ja schon."

Kaum hatte Henriette die Tür geöffnet, fiel Arne geradezu in den Flur hinein.

„Himmel Henni, geht es dir wirklich gut? Tut dir etwas weh? Hast du Verletzungen?" Besorgt beäugte Arne seine Tante von Oben bis Unten.

„Ich hab dir doch bereits am Telefon gesagt, dass es mir gut geht", gutmütig lächelnd tätschelte sie ihrem Neffen die Wange.

„Komm erst einmal richtig rein. Ich habe in der Küche gedeckt, da ist es gemütlicher als im Wohnzimmer. Um draußen auf der Terrasse zu frühstücken, ist es ja leider noch zu kühl."

„Kein Wunder, zu so früher Stunde fehlt der Sonne selbst um diese Jahreszeit noch die Kraft." Deutlich ruhiger als noch vor zwei Minuten lächelte nun auch Arne und folgte Henriette in die Küche. Dort lagen sowohl Mycroft, als auch Mrs. Hudson, in Erwartung auf das eine oder andere Leckerlie auf der Eckbank.

„Oh nein, das könnt ihr beiden Hübschen gleich wieder vergessen. Das ist alles nur für Arne und mich. Also los, Abmarsch!" Bestimmt wedelte Henriette mit ihren Händen, um ihren Katzen auch optisch klar zu machen, dass sie am Frühstückstisch nichts verloren hatten.

Während Mrs. Hudson sich, wenn auch langsam und mit deutlichem Unwillen von der Sitzbank in Richtung ihres Körbchens trollte, war der Kater nicht so leicht zu verscheuchen. Er zeigte sich von Henriettes Wedeln nicht im Geringsten beeindruckt. Im Gegenteil. Voller Ruhe setzte er sich hin, streckte sein linkes Hinterbein aus und begann genüsslich, es zu putzen.

„Tja, scheint als wäre dein Held von gestern der Ansicht, er hätte sich ein ausgiebiges Frühstück mit uns verdient", scherzte Arne, während er die Tüte mit den Brötchen auf dem Tisch ablegte.

„Der große Held hatte gestern schon eine ganze Dose Thunfisch. Ich denke, das ist völlig ausreichend als Anerkennung."

Langsam wandte Mycroft seinen Blick in Richtung Henriette und starrte sie direkt an. Dann legte er seinen Kopf leicht schief und gab ein klagend lang gezogenes „Miiiauuu" von sich.

„Ich bin jetzt wahrlich kein Experte in Sachen Deutsch-Katze, Katze-Deutsch, aber ich könnte schwören, dass dein Kater der Ansicht ist, dass eine simple Dose Thunfisch kein ausreichendes Zeichen deiner Dankbarkeit darstellt."

„Tja, Pech für ihn, denn ich finde das absolut ausreichend. Versteh mich nicht falsch, natürlich bin ich den Dreien mehr als dankbar. Denn auch wenn ich es nicht gerne zugebe, ohne sie ... wer weiß ...", Henriette seufzte leicht, bevor sie sich neben Mycroft auf der Bank niederließ.

„Schön, wenn du den Ernst dieses Vorfalls wenigstens begriffen hast."

Arne schnappte sich die Kaffeekanne und setzte sich zu Henriette und dem Kater.

„Jetzt werden wir erst einmal frühstücken. Und danach erzählst du mir alles noch einmal ganz in Ruhe."

Eine gute Stunde später hatte Henriette Arne den gestrigen Abend bis ins kleinste Detail geschildert.

„Und du hast wirklich keine Ahnung, wer sich da in deinen Garten geschlichen hat?"

„Nein. Es ging einfach alles viel zu schnell. Munin, Mycroft und Mrs Hudson hatten die Person ja schon so gut wie vertrieben, bis ich wirklich realisiert hatte, was da überhaupt passiert. Es war ein riesiges Chaos und es gab wirklich nichts Markantes bei der Person. Nicht übermäßig groß oder klein. Nicht übermäßig dick oder dünn ... eben auffällig unauffällig." Henriette blickte Arne entschuldigend an und zuckte leicht mit den Schultern.

„Mach dir keine Vorwürfe, Tante Henni. Es wäre ja auch zu schön gewesen, wenn sich dein Angreifer erst einmal vorgestellt oder seine Visitenkarte hinterlegt hätte." Arne schaute leicht gequält drein.

„Also eine Visitenkarte hat er zwar wirklich nicht da gelassen, aber dafür etwas anderes." Mit einem süffisanten Lächeln griff Henriette in ihre Hosentasche und holte das kleine Etwas hervor, das Munin ihr gestern gebracht hatte und legte es vor Arne auf den Tisch.

„Was ist das?"

„Eine kleine Perle."

„Und wieso präsentierst du mir die so freudestrahlend?"

„Weil das so ähnlich ist wie eine Visitenkarte."

„O.K. Sherlock, ich kann dir absolut nicht folgen, also klär mich bitte auf." Betont gelassen lehnte Arne sich zurück. Er sah das Glitzern in Henriettes Augen. Sie genoss ihren Wissensvorsprung sichtlich und Arne gönnte ihn ihr.

„Diese kleine Perle hat mir Munin gestern kurz nach dem Angriff auf mich gebracht. Er hat sie mehr oder weniger direkt vor meinem Gartentor gefunden und ich bin mir ziemlich sicher, dass dieses kleine

Fundstück uns helfen wird, den Angreifer zu identifizieren und damit vielleicht ja sogar den Mörder vom alten Hösselbarth."

„Wie sollte uns eine gefundene Perle helfen, den Mörder von Hösselbarth zu finden?"

„Weil ich mir sicher bin, dass das nicht einfach irgendeine gefundene Perle ist. Ich habe so eine Perle schon einmal gesehen."

„Aber Tante Henni, es ist eine Perle. Natürlich hast du so etwas schon gesehen. Selbst ich habe bereits Perlen gesehen," Arne lachte leicht verwirrt.

„Das, mein lieber Neffe ist aber eben nicht einfach eine x-beliebige Perle. Dieser leichte Lavendelton ist mir erst vor Kurzem aufgefallen."

„Und wo ist dir so eine Perle aufgefallen?" Es war deutlich zu hören, dass Arne nun doch langsam die Geduld ausging.

„Bei den Hösselbarths."

„Wie meinst du das, bei den Hösselbarths?"

„Ich bin mir ziemlich sicher, dass Jenny neulich einen Anhänger getragen hat, zu dem eine kleine, lavendelfarbene Perle gehört."

„Was denn für einen Anhänger? Mir ist da nichts aufgefallen." Arnes Stirn legte sich in Falten, während er augenscheinlich angestrengt nachdachte.

„Als wir das erste Mal bei den Hösselbarths waren, um sie wegen des Mordes zu befragen, trug Jenny zu dieser furchtbaren Kombination aus schwarzer Bluse und viel zu unförmigen schwarzen Rock einen hübschen kleinen Anhänger. Ein kleines Herz, an dessen Spitze eine kleine, lavendelfarbene Perle war. Mir ist das eigentlich nur aufgefallen, weil dieses wirklich geschmackvolle Schmuckstück so gar nicht zu der Kleidung gepasst hat", Henriette lächelte leicht entschuldigend. Eigentlich war es nicht ihre Art schlecht über die Kleidung oder das Aussehen anderer zu reden.

„Jenny Hösselbarth? Bist du sicher?" Arne klang mehr als ungläubig.

„Natürlich bin ich sicher. Ich bin schließlich weder blind noch senil!" Henriette war deutlich anzuhören, dass sie Arnes Zweifel überhaupt nicht lustig fand. Ihr Gedächtnis funktionierte einwandfrei. Nicht zuletzt dank der „Knobel-Box".

„Wieso sollte Jenny Hösselbarth sich in deinen Garten schleichen und dich hinterrücks angreifen?"

„Also auch ganz ohne meine angeblichen Doyleschen-Gene würde ich mal ganz platt darauf tippen, dass sie entweder sich oder eine ihr nahestehenden Person schützen wollte, indem sie weitere Nachforschungen meinerseits verhindert. Mit irgendeiner meiner Aktionen oder Fragen scheine ich wohl auf etwas gestoßen zu sein. Dummerweise habe ich nicht die geringste Ahnung, was ich getan habe, um so eine Reaktion bei Jenny auszulösen." Henriette seufzte tief. „Denn wenn ich das wüsste, würde uns das bei der Lösung des Mordfalls sicher helfen."

„Vermutlich hast du damit recht."

„Und was nun?" Henriette sah Arne fragend an.

„Nun werden wir zwei Hübschen erneut zur Familie Hösselbarth fahren."

Henriette schnaufte und klang dabei leicht genervt. „So oft, wie wir in letzter Zeit bei den Hösselbarths waren, sollten wir eventuell in Erwägung ziehen, uns auf ihrem Grundstück einen Wohncontainer aufstellen zu lassen. Gudrun muss ja schon denken, dass wir kein eigenes zu Hause haben."

 **Kapitel 16**

Als sie kurze Zeit später ein weiteres Mal die Einfahrt zum Haus der Hösselbarths hinauf fuhren, wurde Henriette ein wenig mulmig. Sie konnte sich noch immer nicht wirklich vorstellen, dass irgendeiner der Hösselbarths den alten Hösselbarth umgebracht haben könnte. Ihr fehlte einfach ein wirkliches Motiv. Sicher, der Alte war zeitweise ein Tyrann. Er betrog seine Frau. War oftmals nicht nett zu seinen Kindern. „So betrachtet gibt es sogar mehr als nur ein Motiv", dachte Henriette, „wenn man bedenkt, dass Leute schon wegen viel geringerer Dinge umgebracht wurden ..."

Arne hatte den Wagen mittlerweile direkt vor dem Eingang des Hauses geparkt.

„Bist du bereit Tante Henni?"

„So bereit man eben sein kann, wenn man vermutlich gleich einem Mörder gegenübersteht. Im Gegensatz zu dir passiert mir das eher selten", sie grinste nervös.

„Eher selten, so so. Ich wusste gar nicht, dass du früher auch schon in den Angelegenheiten deiner Mitmenschen rumgeschnüffelt hast", Arne feixte.

„Rumgeschnüffelt!", Henriette war entsetzt. „Ich habe doch nicht rumgeschnüffelt. Ich habe vielleicht einige Leute ein paar Dinge gefragt ..."

„Und im Müll deiner Nachbarn gewühlt ..."

„Gewühlt, das klingt jetzt aber schon eher nach purer Neugier. Dabei war das doch nur wegen der Mordermittlung. Es war wichtig. Und es hat dir sehr geholfen ", gab Henriette fast schon trotzig zu bedenken.

„Das mag sein", gab Arne kleinlaut zu. „Dennoch bleibt es reine Schnüffelei. Schließlich bist du nicht bei der Polizei."

„Findest du das nicht ein wenig ungerecht? Wenn du im Müll anderer wühlst, ist es eine polizeiliche Ermittlung. Wenn ich das mache ist es *Schnüffelei*."

„Ach Tante Henni, du weißt doch ganz genau, wie dankbar ich dir für deine Hilfe bin. Und nun lass uns endlich klingeln, sonst werden wir sicher nie erfahren, ob deine *Schnüffelei* uns weitergeholfen hat."

„Du ...", mit gespielter Empörung knuffte Henriette Arne in den Oberarm.

Wie beim letzten Mal öffnete ihnen Jenny die Tür und begleitete sie ins Wohnzimmer, in dem Gudrun und Wolfgang gerade bei einer Partie Zankpatience saßen, während Erik in einem der schweren Sessel saß und auf ein Tablet starrte.

„Henriette, Herr Voß. Wie schön." Gudrun erhob sich vom Kartentisch und deutete auf die Couch.

„Kann ich euch – Verzeihung", entschuldigend blickte sie zu Arne, „kann ich Ihnen etwas zu Trinken anbieten?"

„Nein danke, Frau Hösselbarth. Wir, also ich, bin dienstlich hier."

Wolfgang und Jenny setzten sich nun ebenfalls zu den Dreien.

„Gibt es etwas Neues zum Tod meines Mannes?"

„Das gibt es in der Tat."

Nun ließ sogar Erik von seinem Tablet ab und blickte mit neugierigem Blick zu Arne hinüber.

„Frau Hösselbarth", Arne blickte nun Jenny direkt in die Augen, „Sie besitzen einen Herzanhänger, der mit einer kleinen, lavendelfarbenen Perle besetzt ist?" Arne wollte sich offensichtlich nicht lange mit höflichen Floskeln aufhalten.

„Ja." Jenny klang unsicher und nervös.

„Würden Sie mir den bitte zeigen?" Arne lächelte, aber Henriette sah ihm an, dass ihm solche Gespräche keinen wirklichen Spaß machten.

„Wieso?" Jetzt klang Jennys Stimme zwar noch immer unsicher, aber auch deutlich aggressiver.

„Weil eine solche Perle an einem weiteren, für diesen Fall relevanten, Tatort gefunden wurde." Arne blieb völlig ruhig.

„In dieser Familie gibt es mehrere Schmuckstücke, die mit einer lavendelfarbenen Perle verziert sind. Gudrun hat eine Brosche und Ohrringe!", mit einem beinahe anklagenden Blick schaute Jenny zu Gudrun hinüber.

„Stimmt das, Frau Hösselbarth? Besitzen sie solche Schmuckstücke?", fragte Arne nun Gudrun Hösselbarth.

„Ja. Ich habe sowohl eine Brosche, als auch ein paar Ohrringe, die mit kleinen lila Perlen besetzt sind. Ursprünglich war es sozusagen ein Set aus drei Teilen. Als Jenny unseren Wolfgang geheiratet hat, habe ich ihr den Anhänger geschenkt. Sollte Erik jemals heiraten, bekäme seine Frau die Ohrringe. Sie müssen wissen, dass diese drei Schmuckstücke schon sehr alt sind. Es sind Erbstücke von meiner Schwiegermutter", erklärte Gudrun.

„Dürfte ich diese Stücke dann bitte auch sehen?"

„Natürlich." Gudrun erhob sich und bat Arne ihr zu folgen. Sowohl Jenny, als auch Wolfgang Junior schlossen sich den Beiden an und natürlich wollte sich auch Henriette das Ganze nicht entgehen lassen. Nur Erik blieb gelassen in seinem Sessel sitzen und senkte seinen Blick wieder auf sein Tablet.

Gudrun geleitete die Gruppe in ihr Schlafzimmer. Dort holte sie eine mit wunderschönen Holzintarsien verzierte Schmuckschatulle aus einer Kommode und öffnete sie. Henriette hätte sich zwar auch so vorstellen können, dass Gudrun einiges an teurem Schmuck ihr Eigen nannte, aber diese Vielfalt dann auch wirklich auf einen Schlag zu sehen, ließ sie doch kurz tief Luft holen. Sie selbst besaß nur sehr wenig Schmuck. Sie fand, sie war einfach nicht der Typ für große Kostbarkeiten. Mit einem quietschigen Plastik-Armband, oder einem lustigen Anhänger konnte man ihr schon immer mehr Freude bereiten, als mit echtem Schmuck. Paul hatte das gewusst und so hatte er ihr auch nie die typischen Hochzeitstagsgeschenke in Form von Ketten oder Ringen gemacht. Henriette musste kurz lächeln, als sie sich an einen Hochzeitstag erinnerte, an dem er ihr einen kleinen Streich gespielt hatte. Paul hatte sich bei einem der nobelsten Juweliere der Gegend eine Schachtel besorgt und sie Henriette mit feierlichem Gesichtsausdruck überreicht. Henriette war damals das Herz fast in die Hose gerutscht. Sie hatte schiere Panik gehabt, im Inneren der Schachtel irgendeine goldene Kostbarkeit vorzufinden und dann so tun zu müssen, als würde sie sich freuen.

Doch natürlich hatte Paul ihr das nicht angetan. In der Schachtel befand sich ein Armband, welches aus bunten Plastikperlen bestand, die durch kleine, ebenfalls aus Plastik gefertigten Elfen ergänzt wurden. Das Ganze sah aus, als hätte man es aus einem der früher so typischen Kaugummi-Automaten gezogen. Henriette hatte sich auf der Stelle erneut in Paul verliebt. Der wiederum hatte sich noch Jahre später immer wieder halb totgelacht, wenn er an Henriettes entsetztes Gesicht beim Anblick der teuren Schachtel dachte. Henriette bewahrte dieses Armband bis heute in ihrem „Kostbarkeiten-Kästchen" auf. Einer alten, mit Lackbildern beklebten Pappkiste, die sie seit ihrer Kindheit begleitete und in der sie all die kleinen Dinge aufhob, die für sie einen sehr persönlichen Wert hatten. Schöne Steine, Muscheln, diverse Eintrittskarten … eben all der unnütze Kram, von dem man sich aus den merkwürdigsten Gründen nicht trennen will.

Während Henriette ihren Gedanken nachgehangen hatte, hatte Gudrun die gewünschten Schmuckstücke herausgesucht und Arne gegeben. Der sah sich die Teile zunächst selbst sehr genau an und zeigte sie anschließend auch noch Henriette. Sowohl die Ohrringe, als auch die erwähnte Brosche sahen, ihrer Meinung nach, völlig unversehrt aus. Nichts deutete darauf hin, dass an irgendeiner Stelle eine Perle fehlen könnte. Arne war wohl zu demselben Ergebnis gekommen, bedankte er sich doch freundlich bei Gudrun, um sich danach direkt an Jenny zu wenden.

„Würden Sie mir jetzt bitte Ihren Anhänger zeigen?"

„Ich …", Jenny geriet zunächst ins Stottern, doch dann hob sie ihr Kinn und fragte mit nun deutlich kräftigerer Stimme: „Haben Sie überhaupt die Befugnis, uns nach unseren Schmuckstücken zu fragen? Brauchen Sie dafür nicht einen Durchsuchungsbefehl?"

„Bitten kann ich Sie um alles. Zeigen oder Geben müssen Sie mir nur dann Etwas, wenn wir hier von einem dringenden Tatverdacht ausgehen würden und ohne Sie zu sehr bedrängen zu wollen, ich denke den haben wir hier."

„Wieso? Warum hätte ich meinen Schwiegervater töten sollen?"

„Vielleicht ja, weil du eine Affäre mit ihm hattest?", mischte sich nun Henriette ein.

„Ich … was? Das ist eine infame Unterstellung. Dafür hast du keine Beweise."

„Nun, Fakt ist, dass es in dem seltsamen roten Heft, welches Gudrun uns neulich so großzügig überlassen hat, auch einen Eintrag gibt, der mit einem einfachen „J" gekennzeichnet ist und ich mir nach den Wortfetzen, die Trudi bei dem Streit, den du mit Dani vor ihrem Fenster hattest, aufgeschnappt hat, sehr sicher bin, dass sich dieses „J" auf dich bezieht."

„Das ist doch ..." Jenny war dunkelrot angelaufen. Ob aus Scham oder purer Wut, vermochte Henriette nicht zu sagen. Fakt war jedoch, dass sie mehr als ertappt aussah und Henriette wollte diesen Moment nutzen, um eine ihrer Thesen anzubringen.

„Hat Hösselbarth Senior dich erpresst?"

„Was!? Womit? Wieso? Wie kommst du denn auf so eine absurde Idee?" Jenny schüttelte ungläubig den Kopf.

„Wäre doch möglich. Vielleicht warst du sauer, weil er nun auch noch mit Dani rumgemacht hat. Vielleicht hast du ihm gedroht, das Techtelmechtel öffentlich zu machen, und er hat im Gegenzug damit gedroht, deinem Mann von eurer früheren Liebelei zu berichten", warf Henriette eine wage Vermutung in den Raum.

„Das ist das Lächerlichste, was ich seit langem gehört habe. Als ob es den alten Sack gekratzt hätte, wenn eine seiner unzähligen Liebschaften öffentlich geworden wären. Wenn es nach ihm gegangen wäre, hätte doch eh gerne jeder wissen können, dass er trotz seines Alters deutlich jüngere Frauen beglücken konnte. Es lag eher an den Frauen, denen das peinlich war. Vor allem weil jede dieser Liebschaften am Ende des Tages ja doch als bessere Prostitution zu sehen war. Die Weibsbilder bekamen kleine oder auch mal größere Geschenke und er ... nun ja. Und was die Sache mit Dani angeht, das ist ein seit sehr frühen Teenagerjahren andauernder Wettstreit. Schon in der Schule wollte Dani haben, was ich hatte. Allerdings hat das oftmals nicht wirklich funktioniert. Dani ist einfach nicht zielorientiert. Das Einzige, wo sie problemlos mithalten konnte, waren Jungs. Ehrlich gesagt war sie da immer erfolgreicher, wenn man bei solchen Dingen überhaupt von Erfolgen reden kann. Es braucht ja schließlich nicht viele Männer, sondern am Ende zählt ja, dass man den Richtigen findet", schamvoll lächelnd blickte sie kurz zu ihrem Wolfgang. „Und so kam es auch zu dem Streit, den die Trudi da mitgehört hat. Anscheinend hat der alte Hösselbarth bei einem ihrer letzten Treffen nach diversen Cognacs damit angegeben, dass er in seinem „Frauensammelsurium" auch schon eine junge Dame, deren Name mit einem „J" beginnen würde, vermerkt hatte. Dabei hätte er, laut Dani, *dermaßen grenzdebil gegrinst*, dass sie begonnen hatte, sich Gedanken darüber zu machen, wer diese „J" denn sein könnte, wenn der alte Hösselbarth das so witzig fand und gleichzeitig ein großes Geheimnis daraus machte. Naja, und nachdem du nun neulich angedeutet hast, dass Dani eine Affäre mit dem Alten hatte, habe ich sie hinter Trudis Café darauf angesprochen."

„Und das ist so ausgeartet?", fragte Henriette leicht verwirrt.

„Vielleicht habe ich sie nicht gerade freundlich angesprochen."

„Sondern?"

„Ich habe ihr vorgeworfen, dass sie anscheinend bis heute nicht aufhören kann, das zu wollen, was ich hatte."

„Ah, verstehe. Das war natürlich nicht wirklich schlau." Henriette nickte wissend.

„Ne, war es nicht. Dani ist viel, aber nicht dumm. Sie hat meine Aussage natürlich sofort mit der des Alten zusammengeworfen und damit war ihr natürlich klar, wer dieses mysteriöse „J" in Hösselbarths roten Heft sein musste."

„Und dann?"

„Dann hat sie fies gegrinst und gesagt: *Vielleicht wäre es witzig, das deinem Mann zu stecken.*"

„Sie wollte dich erpressen?" Henriette blickte Jenny ungläubig an. „Hast du deswegen ihren Roller manipuliert? Ich dachte ihr seit Freundinnen?"

„Was?! Ich hab doch nichts an Danis Roller gemacht. Und sie wollte mich auch nicht erpressen. Weißt du Henriette, Dani hatte schon immer einen leichten Hang zu kleinen Fiesheiten. Sie fand es witzig, mich in Rage zu bringen. Schon immer."

„Nett ist irgendwie anders, oder?", fragte Henriette verdutzt. Solche Spielchen waren ihr völlig fremd. Natürlich wusste sie auch, dass die heutige Jugend mit solchen Sticheleien ganz anders umging. Oder zumindest so tat, als wäre es in Ordnung, sich gegenseitig aufzuziehen. Sie nennen das „Prank" und nicht mehr Streich und die Videos werden dann online gestellt. Henriette verstand nicht, was daran witzig sein sollte, seine Freunde öffentlich bloßzustellen, aber sie gehörte auch nicht zu der Sorte „Alte", die sich darüber empörte und von *Untergang der Jugend* faselte. Zeiten änderten sich. Schon immer. Sie grinste.

„Du warst eine von Wolfgang Liebeleien?", mischte sich nun Gudrun deutlich entsetzt in das Gespräch ein.

„Liebelei ist schon ein viel zu großes Wort dafür", sagte Jenny kleinlaut. „Es war natürlich bevor ich mit Wolfgang zusammenkam. Und es waren nur wenige Treffen. Als es beim dritten Treffen zum … ich möchte das nicht sagen, ihr wisst, was ich meine, gekommen ist, war ich hinterher so von mir selbst angewidert, dass ich mich nie wieder mit ihm getroffen habe."

Es war unübersehbar, wie unangenehm Jenny das Ganze war. Überaus gelassen auf diese ganze Geschichte reagierte allerdings ihr Mann. Henriette hatte nicht den Eindruck, dass er schwer erschüttert über diese Neuigkeiten war. Vielleicht, so dachte Henriette, weil es für ihn gar keine Neuigkeiten sind.

„Schön. Könnten Sie mir dann trotz der tollen Geschichten bitte den Anhänger zeigen, wegen dem wir eigentlich hier sind." Arne hatte sich zwar die ganze Zeit im Hintergrund gehalten, aber jetzt war ihm deutlich anzuhören, dass er nicht ewig in Gudruns

Schlafzimmer stehen und sich Familiengeschichten anhören wollte.

„Ich kann Ihnen den Anhänger nicht zeigen."

„Wieso nicht?"

„Weil ich ihn nicht habe."

„Wer hat ihn denn dann?"

Henriette hörte, wie Arnes Geduld langsam zu schwinden begann.

Langsam und mit fragendem Blick wand sich Jenny zu ihrem Mann.

„Ich habe den Anhänger", gab Wolfgang Junior kleinlaut zu. „Der Verschluss war kaputt und Jenny hat mich gebeten, ihn in der Stadt beim Juwelier reparieren zu lassen."

„Und haben Sie ihn beim Juwelier abgegeben?"

„Bisher nicht." Etwas ungelenk kramte Wolfgang in der Innentasche seines Sakkos und förderte schließlich den besagten Anhänger hervor, an dem für alle klar sichtbar, keine Perle hing.

„Möchten Sie mir irgendetwas sagen?", fragte Arne streng, aber freundlich.

„Ich denke, ich werde keine andere Wahl haben, oder?"

„Nun, Sie könnten auf einen Anwalt bestehen und schweigen."

„Das bringt am Ende doch eh nichts.", Wolfgang seufzte. „Aber können wir uns vielleicht wieder ins Wohnzimmer setzen? Ich denke, das ist keine Angelegenheit, die man zwischen Tür und Angel bereden sollte." Ohne auf eine Antwort zu warten, machte sich Wolfgang auf den Weg zurück ins Wohnzimmer, in dem Erik völlig ahnungslos, ob der Dinge, die bisher im Schlafzimmer ans Licht gekommen waren, noch immer in seinem Sessel saß.

„Aha, die Karawane kommt zurück", feixte er, als die Gruppe einer nach dem anderen im Wohnzimmer Platz nahmen.

„Ach halt die Klappe!", schnauzte Gudrun ihren Sohn ungewöhnlich harsch an.

„Was ist denn passiert?", fragte Erik nun weitaus weniger lustig.

„Das wirst du gleich hören", sagte Wolfgang, der sich mit einen schweren „Plumps" in den Sessel ihm gegenüber sinken ließ.

„Also gut Herr Hösselbarth, dann erzählen Sie uns doch bitte, wieso bei dem Anhänger ihrer Frau die kleine Perle fehlt", begann Arne mit geschäftiger Stimme.

„Warum diese Perle fehlt, weiß ich nicht. Aber nachdem Sie anscheinend sehr genau wussten, dass sie an irgendeinem unserer Schmuckstücke fehlen muss, werden Sie sicher wissen, wo die Perle ist."

„Das weiß ich allerdings. Der Rabe meiner Tante hat sie direkt vor dem Gartentor gefunden, nur Sekunden, nachdem jemand versucht hat, meine Tante zu überfallen."

„Da ist sie also abgeblieben … der Rabe ist also nicht nur äußerst angriffslustig, sondern auch noch extrem schlau." Wolfgang nickte verstehend und fasste sich gedankenverloren an den Hinterkopf, an dem Henriette nun, bei näherer Betrachtung, deutlich kleine Wunden erkennen konnte.

„Munin ist ein wahrer Schatz", sagte Henriette und man konnte den Stolz in ihrer Stimme hören.

„Ich verstehe gerade nicht das Geringste." Gudrun klang leicht genervt. Jenny saß einfach schweigend auf einem Stuhl und Erik stand die pure Neugier ins Gesicht geschrieben. Vermutlich wurde ihm gerade klar, dass er einer echt großen Geschichte beiwohnte.

„Wollen Sie uns nun also bitte erzählen, wie die Perle dorthin gekommen ist." Arne wurde hörbar ungeduldiger.

„Natürlich. Verzeihung. Es stimmt. Ich bin bei Ihrer Tante eingedrungen und habe versucht, sie anzugreifen. Ich weiß nicht einmal wieso. Ich war auf dem Weg in die Stadt. Die Hauptstraße war wegen einem Unfall gesperrt und plötzlich war ich in Henriettes Straße. Ich wusste, dass sie in unserem Müllhäuschen war. Ich hatte sie an dem Tag gesehen. Ich wusste nicht, ob sie etwas gefunden hat, aber nachdem Sie nur kurze Zeit später mit einer ganzen Polizeistaffel bei uns aufgekreuzt sind, konnte ich mir ausmalen, dass Sie einen Hinweis von Henriette bekommen hatten. Und dann diese permanente Fragerei bei Gott und der Welt … Ich war mir in diesem Moment absolut sicher, dass von Henriette eine Gefahr für mich ausgehen würde. Nichts gegen Sie, Herr Voß, aber ich hatte das Gefühl, dass Henriette Ihnen immer eine Nase voraus war; dass sie Ihnen die entscheidenden Tipps gab."

„Vielleicht nicht immer", Arne blickte grinsend zu seiner Tante, „aber Sie haben Recht, viele Hinweise stammen in diesem Fall tatsächlich von Henni. Was natürlich kein Grund für einen Überfall ist."

„Natürlich nicht."

„Warum in alles in der Welt sollte von Henriette und ihren Fragen eine Gefahr für dich ausgehen?" Gudrun war noch immer völlig ahnungslos.

„Himmel Mutter! Denk doch einmal im Leben mit. Der nette Herr Kommissar geht davon aus, dass unser Wolfgang hier der Mörder deines Mannes ist. Stimmt doch Herr Voß, oder?" Jetzt voll bei der Sache blickte Erik erst genervt zu seiner Mutter und dann fragend zu Arne.

„Das liegt derzeit im Bereich des Möglichen", gab Arne zu.

„Hast du wirklich deinen Vater umgebracht?" Jennys Stimme war mit einem Mal sehr dünn und das Entsetzen war ihr deutliche anzuhören."

„Ich …", stotterte Wolfgang.

„Nein! Das kann nicht sein!", schrie Gudrun ungläubig.

„Mutter, bitte. Mach es mir nicht schwerer, als es eh schon ist. Lass mich einfach weiter die Fragen von Herrn Voß beantworten."

„Im Grunde möchte ich von Ihnen nur wissen: Haben Sie den Kronleuchter sabotiert und wenn ja, warum?", stellte Arne kurz und bündig die zwei Fra-

gen, die jeden Polizisten als Einziges wirklich interessieren.

„Ja, ich habe den Kronleuchter sabotiert und somit
meinen Vater tödlich verletzt.", gab Wolfgang ohne
lange Umschweife zu.

Gudrun gab einen erstickten Schrei von sich, Jenny brach in leises Schluchzen aus und nur Erik blieb
für eine solche Offenbarung wahnsinnig gelassen.
„Heilige Scheiße!", war alles, was er von sich gab.

„Wollen Sie uns erzählen, wie es dazu kam?";
fragte Arne extra ruhig, um die Lage sachlich zu
belassen.

„Natürlich. Im Grunde ist es ein Jahrzehnte langer
Prozess gewesen. Schon als Kind hat mein Vater
mich ständig nieder gemacht. Nie war ich gut genug.
Nun, eigentlich waren wir alle", Wolfgang blickte
beinahe Hilfe suchend erst zu seinem Bruder, dann
zu seiner Mutter und zu guter Letzt auch zu Jenny,
„nie gut genug. Der große Wofgang Hösselbarth,
erfolgreicher Bauunternehmer. Gönner und Lebe-
mann nach außen, aber innen … er war ein Tyrann!
Er hat meine Mutter belogen und betrogen und auch
wenn sie immer so getan hat, als wäre ihr das egal.
Es war ihr nicht egal. Ich habe gesehen, wie sehr es
sie gekränkt und verletzt hat, wenn er mal wieder zu
einer *Geschäftsreise* aufbrach, zu der ihn Mutter
nicht begleiten dürfte. Vor einigen Wochen, er war
gerade mal wieder dabei, für ein kurzes Wochenende mit *Geschäftsfreunden* zu packen, habe ich ihn
zur Rede gestellt. Ich habe ihn gefragt, ob er sich in

seinem Alter nicht langsam albern vorkommt mit den jungen Dingern, die nur wegen seines Geldes mit ihm zusammen sind … ", Wolfgang stockte.

„Wie hat er reagiert?", fragte Arne, um das Gespräch wieder in Gang zu bringen.

„Er hat gelacht. Laut und aus vollem Herzen gelacht. Und dann … dann hat er sich grinsend ganz dicht vor mir aufgebaut: *„Deine Jenny hat sich jedenfalls nicht an meinem Alter gestört"*, hat er gesagt und dann wieder laut gelacht. *„Was soll das heißen?"*, hab ich ihn gefragt. Ich konnte mir beim besten Willen nicht vorstellen, dass meine Jenny auch zu dieser Sorte Frau gehören sollte. Tja, und dann hat er mir genüsslich unter die Nase gerieben, wie das mit euch beiden damals war", resigniert blickte er zu Jenny, die noch immer schluchzend den Blick senkte.

„Allerdings klangen seine Schilderungen etwas anders als das, was du uns vorhin im Schlafzimmer erzählt hast."

„Es war genauso. Was auch immer dein Vater daraus gemacht hat. Es waren zwei oder drei Treffen. Wir waren schick Essen und im Theater … und dann …", wieder brachte sie die Worte „Sex" nicht über die Lippen. Henriette fragte sich langsam, wie die beiden zu drei Kindern gekommen waren.

„War das der Tropfen, der das Fass zum überlaufen gebracht hat? Die Tatsache, dass er Sie mit der Affäre mit Ihrer Frau aufgezogen hatte?", fragte

Arne, der sichtlich darum bemüht war, dass Wolfgang nicht den Faden der Geschichte verlor.

„Nein, das war noch nicht der berühmte Tropfen", Wolfgang blickte Arne direkt in die Augen. Dann wandte er sich an Jenny. „Ich glaube dir. Mein Vater neigte in allen Lebenslagen gerne zu enormen Übertreibungen. Und damit kommen wir dann auch zu dem Punkt, den ich meinem Vater weder durchgehen noch verzeihen konnte."

„Na, da bin ich jetzt aber mal gespannt." Erik klang wenig betroffen, ob der Offenbarungen seines Bruders, sondern eher amüsiert. Wolfgang ignorierte seinen Bruder einfach und fuhr mit ruhiger Stimme fort.

„Er war kurz davor unsere Familie zu ruinieren."

„Wie das?", fragte Arne.

„Er gab zu viel Geld aus. Ganz einfach. Ganz profan. Sie erinnern sich ja sicher noch, was ich Ihnen über die Konten und die Geldverwaltung unserer Familie und unserer Firma erzählt habe."

„Allerdings.", sagte Arne und auch Henriette nickte.

„Dieses dämliche Theaterprojekt. Alles sollte aus der Firmenkasse bezahlt werden. Haben Sie eine Ahnung, was so etwas kostet?", zum ersten Mal wurde Wolfgang etwas lauter.

„Oh ja, das habe ich", antwortete Arne. „Im Zuge der Ermittlungen haben wir das durchaus recherchiert."

„Dann haben sie ja eine ziemlich genaue Vorstellung davon, was für eine enorme Belastung dieses alberne Projekt für uns war. Ich habe ihn angefleht, diese Idee sausen zu lassen, als er das erste Mal mit den Bauplänen für die Bühne um die Ecke kam. Aber er hat mich nur von oben herab angesehen und gesagt, dass mich das nichts anginge. Das ginge mich nichts an?! Er war dabei, unsere Familienfirma an den Rande des Ruins zu bringen für eine alberne *Vision*, wie er dieses Projekt so gerne nannte, und mich ginge das dann nichts an?", Wolfgang geriet nun richtig in Rage. „Ich habe ihm vorgerechnet, was das für unsere Firma und somit ja auch für die ganze Familie bedeuten würde, aber ihm war das völlig egal. *„Ich habe diese Pläne bereits im Stadtrat vorgestellt. Glaubst du wirklich, ich gehe da jetzt hin und sage denen, dass ich mir das nicht leisten kann?"* hat er mich angeschrien und *„Wenn du nicht so unfähig wärst, würde die Firma viel besser dastehen, dann hättest du jetzt kein Problem. Aber so ... du kennst die Vereinbarungen. Die Firma zahlt, was immer ich will."* Nach dem Bau der Bühne stand uns das Wasser bis zum Hals und ich hatte schon überlegt, ob ich einen privaten Kredit aufnehmen soll ... und dann -", erneut geriet Wolfgang ins stocken.

„Dann was?", fragte Arne.

„Dann kam er vor ein paar Wochen mit einer neuen bescheuerten Idee an."

Erik richtete sich erstaunt auf. „Davon wusste ich ja gar nichts. Was für eine bekloppte Idee hatte der Alte denn noch? Ich dachte eine riesige Bühne zu bauen in einem Kaff wie Kirchhausen sei schon das Absurdeste, was einem einfallen könnte."

„Glaub mir Erik, das ist es nicht. Bei Weitem nicht." Wolfgang seufzte tief.

„Krass. Los, lass hören, was sich der Spinner noch ausgedacht hat." Erik war nun voll bei der Sache. Die Tatsache, dass sein Vater noch weitere sinnfreie Projekte für Kirchhausen auf Lager gehabt haben soll, schien ihn diebisch zu amüsieren. Das entging auch seinem Bruder nicht.

„Schön, wenn du das so lustig findest. Ich konnte da leider nicht drüber lachen. Meine Existenz stand auf dem Spiel. Unsere Existenz! Dein sorgenfreies Leben im Gartenhäuschen hättest du dir auch abschminken können, wenn wir hier alles verloren hätten."

„Schon gut. Reg dich doch nicht gleich so auf. Ich weiß sehr genau, dass du schon immer derjenige von uns beiden warst, der mehr unter dem Alten gelitten hat."

„Ja, weil du dich immer schön aus allem rausgehalten hast."

„Ist ja nicht unbedingt mein Problem, wenn unser Vater der altmodischen Ansicht war, dass der Erstgeborene sich um die Firma kümmern soll."

„Bitte", mischte Arne sich nun in den aufkeimenden Familienstreit ein, „könnten Sie das später klären?"

„Sicher. Entschuldigen Sie" Wolfgang strich sich nervös durch seine Haare. Dann fuhr er mit seiner Erzählung fort.

„Wie gesagt, es muss vor ein paar Wochen gewesen sein. Der Stadtrat hatte gerade getagt und anscheinend den Ausbau des Kreisverkehrs oben an der Schulstraße angeregt. Die simple Begrünung wäre wohl nicht mehr zeitgemäß. Mein Vater war völlig aus dem Häuschen. Er kam in das Büro gestürmt und rief immer wieder nur: *„Das wird super. Ich habe schon ganz genaue Vorstellungen, wie wir den Kreisverkehr nicht nur zeitgemäß aufbauen, sondern ihn zu einer riesigen Attraktion machen können. So etwas hat die Welt noch nicht gesehen. Das sag ich dir!"* Ich war gerade mit einer Kostenaufstellung beschäftigt und habe deswegen nur genickt und: *„Sicher Vater"* gesagt und mich erst einmal nicht weiter darum gekümmert. Einige Tage später kam er mit einem Bauplan zu mir und offenbarte mir seine Pläne für den Kreisverkehr. Herr Kommissar, ich schwöre, ich wusste nicht, ob ich lachen oder weinen sollte. Ich war mir absolut sicher, dass mein Vater anfing den Verstand zu verlieren. Zumindest verlor er definitiv den Bezug zur Realität!"

„Was genau hatte Ihr Vater denn geplant?" Arnes Blick verriet Henriette, dass ihr Enkel nun genauso gespannt war, wie Erik.

„Eine wechselnde Kunstausstellung."

„Was? Was soll das sein?", fragte Erik sichtlich irritiert.

„Vater wollte im Innenraum des Kreisverkehrs einen Raum schaffen, in dem in regelmäßigen Abständen Künstler ausstellen sollten. Der Raum wäre natürlich aus Glas gewesen, damit man sich das Ganze auch von außen hätte ansehen können. Und als ob das nicht schon teuer und bescheuert genug gewesen wäre, hatte er eine Brücke von der Schulstraße zum Inneren des blöden Kreisels geplant. Schließlich sollten sich wirklich kunstinteressierte Menschen die Objekte oder Bilder auch aus der Nähe ansehen können. *„Vielleicht"*, so schwärmte er weiter, *„könne man auch Lesungen oder kurze Performances anbieten"*. Er war völlig von Sinnen! Ich habe ihn gefragt, ob das ein schlechter Scherz sein soll, aber er hat mich nur angesehen und *„Nein, natürlich nicht"* geantwortet. *„Kunst muss man fördern"*, hat er gesagt und dann ist er abgerauscht. Ich bin ihm hinterher und habe ihm gesagt, dass wir das niemals bezahlen könnten. Das sein letztes Projekt uns schon an den Rande des Ruins getrieben hätte …"

„Und Ihr Vater?", fragte Arne vorsichtig, denn er spürte, dass Wolfgang gleich an dem Punkt seiner

214

Erzählung sein musste, an dem ihm der Gedanke gekommen war, seinen Vater zu beseitigen.

„Der hat nur auf mich herabgesehen und zum wiederholten Mal betont, dass es mein Problem sei, wenn der Firma das Geld ausgehe, weil ich zu unfähig wäre, sie vernünftig zu führen. Zu seiner Zeit hätte es immer genug Kapital gegeben."

„Sicher, damals hatte er ja auch keine Zeit, das Geld mit sinnlosen Spinnereien auszugeben und wenn wir auch nur versucht haben zu fragen, ob er uns etwas mehr geben könnte, als das, was er für uns für ausreichend hielt, oder ob er eine unserer Ideen unterstützen könne, gab es Feuer", leistete Erik seinem Bruder unerwartet heftig Beistand. „Ich werde nie vergessen, wie er ausgerastet ist, als ich von meiner Karibik-Reise zurückkam und ihm vorgeschlagen habe, ein karibisches Restaurant zu eröffnen."

„Das war ehrlich gesagt aber auch eine blöde Idee", warf Wolfgang ein. „Nur weil du so angetan warst von dem Essen dort ..."

„Mag ja sein. Heute weiß ich alleine, dass das eine fixe Idee von mir war. Ich hatte ja nicht einmal eine Ahnung von den Rezepten. Aber damals habe ich förmlich dafür gebrannt. Du kannst dir nicht vorstellen, wie intensiv dieses Essen schmeckt."

„Wie dem auch sei", nahm Wolfgang den Faden wieder auf. „Jedenfalls hat er mir auf den Kopf zugesagt, dass es ihm egal sei, woher ich das Geld nehmen würde. Er würde sich seine Visionen von einem Kleingeist wie mir nicht zerstören lassen. Tja, und dann habe ich diese Sendung gesehen, in der die Legende der „tödlichen Kokosnuss" erörtert wurde. Sie wissen schon, die Geschichte, dass angeblich jedes Jahr mehr Menschen von Kokosnüssen erschlagen als von Haien angegriffen werden. Und während ich da saß, dachte ich nur: *„Warum erschlägt meinen Vater eigentlich keine Nuss"*. Tja, ich schätze mal, dass das der Anfang von allem war. Der Rest hat sich dann im Grunde Stück für Stück ergeben ..."

Völlig sachlich berichtete Wolfgang nun, wie er auf die Idee kam, den Kronleuchter auf seinen Vater stürzen zu lassen. Im Internet hatte er sich über verschiedene Methoden informiert und sich schließlich für eine Sprengung per Fernzünder entschieden. Es erschien ihm an Sichersten, wenn keiner aus seiner Familie direkt an der Zündung beteiligt wäre und so lag es Nahe, den Auslöser in einer Requisite zu verstauen. Der Knall, der beim Schuss aus der Pistole entstehen würde, erschien ihm ideal, um den Knall der Sprengung zu überspielen. Da die Rechner der gesamten Familie miteinander vernetzt seien, war es auch nicht schwer, das genaue Model der Requisiten-Pistole herauszufinden. Die Pistolen kurz vor der Aufführung auszutauschen war für ihn natürlich ebenfalls kein Problem. Niemand hatte auf ihn geachtet, als er kurz vor Beginn die originale Pistole aus Lisas Requisiten-Handtasche genommen und durch seine präparierte Variante ausgetauscht hatte. Zwei Tage zuvor hatte er die Sprengladung am

Kronleuchter angebracht. An dem Tag hatte die Theatergruppe nur kurz geprobt, Handwerker waren auch nicht vor Ort und so hatte er genügend Zeit in die Traverse zu klettern und alles zu installieren.

„Wissen Sie", er wandte sich jetzt direkt an Arne, „irgendwie habe ich mir bis zum Schluss eingeredet, dass er ja schließlich auch überleben könnte. Ich meine, wenn der Leuchter anders gefallen wäre, oder so … ich schätze nur mit diesem Gedanken, mit der absurden Idee, es wäre eigentlich wie ein Gottesurteil, ob er tödlich getroffen wird oder nicht, konnte ich das durchziehen. Ich bin kein gemeiner Mörder, aber ich war so verzweifelt. Mein Vater hätte für seine *Visionen* meine Familie ruiniert. Meine Mutter, meine Frau, meine Kinder und meinen Bruder. Das konnte ich einfach nicht zulassen. Verstehen Sie das?" Wolfgang hatte genauso wie Jenny und Gudrun Tränen in den Augen. Nein, ein gemeiner Mörder war er sicherlich nicht. „Ich habe ja sogar noch kurz vor der Aufführung gezweifelt und überlegt, die Pistole nicht auszutauschen. Ich habe meinen Vater zum ich weiß nicht wievielten Mal angefleht, diese Albernheit aufzugeben, aber hat mir nur zum x-ten Mal erörtert, wie er sich das alles vorstellt. Er hat mir gar nicht zugehört, als ich ihm vorgerechnet habe, dass wir uns das wirklich nicht leisten können."

„Das war es also, worüber ihr kurz vor Beginn der Aufführungen so aufgeregt geredet habt." Henriette rief sich die Szene, die sie damals beobachtet hatte, erneut vor Augen und Wolfgangs Beschreibungen passten komplett dazu. Auch sein resignierter, trauriger Blick während der ganzen Vorführungen ergab nun Sinn. Wenn man bedachte, dass Wolfgang die ganze Zeit wusste, dass sein Vater nur kurze Zeit später vermutlich erschlagen werden würde …

„Ja. Und dann habe ich es eben einfach durchgezogen. Ich habe die Pistolen getauscht und abgewartet.“

„Sie wissen, dass ich Sie jetzt mitnehmen muss“, Arne sah Wolfgang an. Sein Blick war zwar voller Mitgefühl, dennoch würde nun der unvermeidbare Teil seiner Arbeit folgen, so sehr auch jeder im Raum verstehen konnte, dass der Tod des alten Hösselbarth nicht gerade ein großer Verlust für die Familie war.

„Natürlich weiß ich das, Herr Voß.“ Langsam stand Wolfgang auf, drückte seine Mutter und seine Frau, nickte seinem Bruder zu und ging dann voraus.

„Glaubst du, du kommst alleine nach Hause zurück?“, fragte Arne seine Tante. „Ich würde gerne direkt zum Revier fahren.“

„Natürlich. Mach dir um mich keine Sorgen.“ Henriette umarmte ihren Neffen kurz.

„Ich melde mich bei dir“, versicherte ihr Arne, bevor er Wolfgang zum Auto folgte.

„Ich kann dich fahren“, sagte Gudrun, die sich erstaunlich schnell gefangen hatte.

„Das wäre wirklich sehr nett, dank dir Gudrun." Henriette lächelte ihre Freundin an. „Aber bevor wir aufbrechen, habe ich noch eine Frage an Erik."

„An mich? Jetzt bin ich aber gespannt."

„Es … ehrlich gesagt ist es mir ein wenig peinlich … aber als ich neulich hier war, habe ich ein Gespräch zwischen dir und Daniela belauscht ", Henriette stockte kurz, doch dann fuhr sie fort: „jedenfalls hast du *„Ich habe das für uns getan!"* zu ihr gesagt und …"

„Du hast doch nicht etwa gedacht, dass ich meinen Vater für sie umgebracht habe?", Erik schien eher amüsiert als entsetzt.

„Ja … nein … ach Erik, ich weiß es doch auch nicht." Henriette war die Situation jetzt ziemlich unangenehm.

„Dani hat herausgefunden, dass ich meinem Vater gesagt habe, dass er die Finger von ihr lassen soll. Und das fand sie natürlich nicht so gut. Sie hat mich gefragt, warum ich das getan habe. Ich habe ihr gesagt, dass es nicht gut für sie sei, und sie hat gesagt, dass mich das nichts angehe. Daraufhin habe ich dann gesagt, dass ich das für uns getan habe. Naja, dann hat sie mir an den Kopf geworfen, dass es nie ein *uns* gab und auch nie eines geben wird. *„Aber es gibt dich und meinen Vater? Warum er?"* Habe ich sie ungläubig gefragt. Sie antwortete nur Schulter zuckend: *„Weil es Spaß macht."* *„Spaß kannst du mit mir auch haben"*, habe ich gesagt und sie hat dann nur amüsiert geschaut und *„Mit dir?"* gelacht.

„Du bist und warst schon immer ein Versager!".
Tja, und dann ist sie abgerauscht."

 **Kapitel 17**

Als Henriette am nächsten Vormittag Trudis TörtchenTraum betrat, wo sie sich mit Arne zu einer Art
Brunch verabredet hatte, stürzte ihr Trudi förmlich
entgegen. Natürlich hatte Henriette damit gerechnet,
dass sich die Nachricht von Wolfgang Juniors Verhaftung in Windeseile im Ort herumsprechen würde
und natürlich hatte sie genau aus diesem Grund vorgeschlagen, sich bei Trudi zu treffen. Ihr war klar,
dass Trudi platzen würde, wenn sie die Geschichte
nicht aus erster Hand hören würde. Arne war zunächst gar nicht begeistert davon gewesen sich aus-
gerechnet bei Trudi zu treffen, aber Henriette hatte
ihm recht schnell klar machen können, dass Trudi
bis zu ihrem Eintreffen ganz sicher schon dutzende
Geschichten zum Tod und zur Verhaftung gehört
haben würde, und dass sie, ihrer Meinung nach, irgendwie auch ein Recht darauf hatte, die wahre Geschichte zu hören. Immerhin hatte Trudi ihnen mit
ihren Beobachtungen ja schon auch irgendwie ein
wenig geholfen.

„Henni, endlich! Ich dachte schon, du kommst gar
nicht mehr." Trudi war wie erwartet völlig außer
sich.

„Hallo Trudi. Schön, dass du mich so sehnsüchtig
erwartest. Womit habe ich das denn verdient?" Henriette konnte sich ein breites Grinsen nicht verkneifen.

„Jetzt tu doch nicht so", Trudi klang beinahe ein
wenig beleidigt. „Du weißt doch ganz genau, was für

haarsträubende Geschichten ich heute schon über den jungen Hösselbarth zu hören bekommen habe. Man könnte meinen, der ganze Ort wäre live dabei gewesen. Und ich glaube ja gerne eine Menge seltsamer Sachen, aber da war doch ziemlich viel Kurioses dabei. Ich glaube nämlich zum Beispiel nicht, dass der Junior seinen Vater umgebracht hat, weil der sich mit einer eigenen Lama-Farm in Peru selbstständig machen wollte und dafür die Baufirma verkaufen wollte. Das glaube ich schon deswegen nicht, weil doch jeder weiß, dass die Firma längst auf Wolfgang Junior überschrieben worden ist. Oder etwa nicht?" Trudis Wangen glühten nun förmlich.

„Die Firma gehört einzig und allein Wolfgang Junior", bestätigte Henriette ihr.

„Wusste ich es doch." Trudi nickte triumphierend.

„Aber um eine Menge Geld aus der Firma ging es tatsächlich."

„Dann stimmt die Geschichte, dass die Baufirma fast pleite ist und der alte Hösselbarth eine riesige Lebensversicherung hatte?"

„Was? Nein!" Henriette schüttelte den Kopf und wollte sich gar nicht vorstellen, was für absonderliche Geschichten sonst noch im Umlauf waren. Henriette hatte der mal entsetzt, mal völlig überrascht lauschenden Trudi gerade die wahre Geschichte über Hösselbart Seniors Ableben erzählt, als Arne das Café betrat und sich zu den beiden setzte.

„Hallo Tante Henni. Trudi", Arne nickte den beiden zu. „Kann ich bitte ganz dringend einen schönen, starken Kaffee bekommen?"

„Sicher. Kein Problem. Hanna, Liebes", Trudi rief nach einer kleinen, brünetten Kellnerin, die gerade dabei war, kleine, pinke Windbeutel in die Auslage zu sortieren. „Holst du dem Herrn Kommissar bitte einen starken Kaffee."

„Natürlich, kommt sofort", lächelnd legte Hanna die letzten Windbeutel zu den anderen, um sich dann um Arnes Kaffee zu kümmern.

„Pinke Windbeutel?", Henriette sah Trudi fragend an.

„Oh ja. Die sind im Moment ein wahrer Renner. Wir füllen sie mit einer Granatapfel-Creme. Genau die richtige Mischung aus süß und sauer." Trudi strahlte über das ganze Gesicht. Henriette fand es immer wieder schön anzusehen, wie viel Liebe und Leidenschaft Trudi in jedes einzelne Gebäck steckte.

„Wollt ihr welche probieren?"

„Nein danke. Mir reicht der Kaffee." Arne unterdrückte ein Gähnen.

„Hast du etwa schon wieder nicht geschlafen? Der Fall ist doch jetzt geklärt. Oder gab es gestern noch Probleme mit Wolfgang?" Henriette sah ihren Neffen fragend an.

„Nein, nein, das lief alles völlig problemlos. Aber es ist eben doch auch immer viel Papierkram und dann hat mich die Sache mit Daniela Hubers Roller einfach nicht in Ruhe gelassen. Wolfgang hat geschworen, dass weder Jenny noch er etwas an dem Ding manipuliert hätten. Und einen Grund zu lügen, hätte er ja nun sicher nicht."

Hanna trat an den Tisch und reichte Arne eine große, dampfende Tasse Kaffee. Der nahm dankbar einen großen Schluck und schloss für einen kurzen Moment genüsslich die Augen.

„Dann war es Erik?" Henriettes Blick verriet, dass sie das kaum glauben konnte.

„Nein, den habe ich gestern Abend extra noch einmal angerufen und auch er hat mir glaubwürdig versichert, dass er lediglich den Streit zwischen den beiden geschlichtet hat. Den Roller will auch er nicht berührt haben. Also habe ich mich anschließend noch auf den Weg ins Krankenhaus gemacht, um noch einmal in Ruhe, ohne Ermittlungsstress, mit Frau Huber zu reden." Arne nahm einen weiteren Schluck aus der Tasse.

„Und?", drängte Henni ihn, „was hat sie gesagt?"

„Das sie in letzter Zeit niemanden an ihrem Roller gesehen hat ..."

„Mist!", entfuhr es Henriette ziemlich undamenhaft.

„ ... niemanden, außer ihrem Freund. Der hat ihr nämlich bevor er nach Hamburg gefahren ist, geholfen den Roller einmal komplett zu überholen. Neue Bremsscheiben, alles mal so richtig sauber machen, Reifen wechseln und so weiter. Und anscheinend hat er dabei eine entscheidende Schraube nicht richtig angezogen ..."

„Eine Schraube?" Henriette zog verwundert die Augenbrauen hoch. „Was denn für eine Schraube?"

„Frag mich bitte nichts Genaues. Nach meinem Besuch im Krankenhaus habe ich natürlich noch bei den Kollegen von der Technik nachgefragt, ob ein Unfall, wie der von Daniela Huber durch Reparaturen, wie ihr Freund sie anscheinend vorgenommen hat, passieren kann. Die Techniker haben mir dann natürlich ausführlich versucht zu erklären, was man wann, wie und wo falsch machen kann, um eine plötzliche Blockade des Reifens zu verursachen. Ich habe ehrlich gesagt kein Wort verstanden", Arne grinste gequält, „Aber man hat mir versichert, dass eine solche Blockade durchaus als Spätfolge einer nicht korrekten Reparatur auftreten kann."

„Dann hatte der Unfall überhaupt nichts mit dem Mord an Hösselbarth zu tun und war im Grunde nur ein einfacher Zufall?" Henriette sah Arne verblüfft an.

„Genauso ist es."

„Du meine Güte. Da bin ich ja mal gespannt, was der arme Simon sich einfallen lässt, um das wieder gut zu machen. Er hätte um ein Haar seine Freundin umgebracht." Henriettes Ton verriet, wie sehr sie das Ganze berührte.

„Oh, Frau Huber ist ihm nicht böse. Sie war so froh, dass er ihr mit dem Roller geholfen hat und sie ihn so nicht für teures Geld in eine Werkstatt bringen musste."

„Na die hat ja wirklich die Ruhe weg", mischte sich nun auch Trudi in das Gespräch ein. „Also bei mir brauchte der gar nicht wieder antanzen."

„Ach Trudi, es war doch schließlich keine Absicht und Unfälle können immer passieren", versuchte Henriette die Wogen zu glätten.

„Mag sein. Aber das zeigt mir nur ein Mal mehr. Dass man gewisse Dinge lieber den Profis überlassen sollte."

Gerade als Henriette noch etwas erwidern wollte, erklang aus Arnes Hose die Titelmelodie von *Drei Engel für Charly*.

„Uh, das ist die Arbeit. Da muss ich schnell ran", mit einem entschuldigenden Blick griff Arne nach dem Telefon, stand auf und ging vor die Tür. Nur wenige Sekunden später kam er zum Tisch zurück, allerdings nur um sich zu verabschieden.

„Tut mir leid Tante Henni, ich muss sofort los. Ein Autohändler aus Waldenheim wird anscheinend erpresst und bedroht … Ich melde mich aber auf jeden Fall die Tage noch einmal bei dir."

„Mach das. Ich freue mich immer, wenn ich von dir höre."

„Erpressung, Mord … und da behaupten die Leute immer, dass auf dem Land nichts Spannendes passiert." Trudi schüttelte spöttisch den Kopf.

„Das klingt ja fast so, als würdest du langsam Geschmack am Verbrechen entwickeln", Henriette sah ihre Freundin leicht vorwurfsvoll an.

„Auf keinen Fall! Die Verbrecher sollen mal schön da bleiben, wo sie hingehören. In New York oder Chicago. Oder so."

„New York und Chicago? Trudi, ich glaube, du schaust zu viele amerikanische Schauer-Serien."

„Tue ich nicht. Ich will damit ja auch nur sagen, dass ich es schön finde, dass bei uns eigentlich nie etwas wirklich Schlimmes passiert. Ich habe es ganz gerne ruhig."

„Ich auch Trudi, ich auch. Und ich bin mir ziemlich sicher, dass in Kirchhausen

für lange, lange Zeit nichts passieren wird, das den Tod vom alten Hösselbarth toppen könnte. Du wirst sehen, die nächste spannende Geschichte, die hier die Runde machen wird spielt sich wieder in der Größenordnung Gartenzwerge-Klau oder Biergarten-Schlägerei ab."

Und zu guter Letzt …

Danke ich natürlich in erster Linie allen Leserinnen und Lesern.
Ich hoffe, es hat euch Spaß gemacht, Henni, Arne und ihre tierischen Helfer bei ihrem ersten Fall zu begleiten.

Über Anmerkungen, Rezensionen oder auch einfach nur ein kurzes Feedback bei Amazon, anderen Buch-Shops, Buchforen oder Lesezirkeln oder persönlich per Mail, würde ich mich sehr freuen.
Dafür schon einmal vielen Dank im Voraus.
Nichts ist für einen Autor wertvoller als eine fundierte Meinung! Vor allem, wenn er als Selfpublisher arbeitet.
Natürlich könnt ihr das Buch auch einfach nur jedem empfehlen, den ihr kennt.

Wenn ihr wissen wollt, wie es mit Tante Henni weiter geht, seid doch einfach bei ihrem nächsten Fall *Tod in St. Nikolaus wieder mit dabei.*

Bis dahin wünsche ich euch allen eine schöne Zeit.

Eure Lara Moon

Lara_Moon@gmx.de